宮崎怪談

久田樹生

竹書房
怪談
文庫

目次

宮崎県地図
祖母山
大分県
熊本県
高千穂町
日之影町
五ヶ瀬町
延岡市
諸塚村
県北
門川町
椎葉村
美郷町
日向市
木城町
都農町
西米良村
川南町
県西
西都市
高鍋町
新富町
えびの市
小林市
綾町
国富町
県央
高原町
宮崎市
高千穂峰
都城市
鰐塚山
三股町
日南市
県南
鹿児島県
串間市

天孫降臨《てんそんこうりん》の物語《ものがたり》

県北

神々の里と人の里を繋ぐ尊き隠れ里。
住まう人々は、いまも脈々と神を思い、願い、
神の物語を一夜かけて鮮烈に舞う。
この地は、降りてくる神々に出会える国である。

麗《うるわ》しき豊葦原水穂国《とよあしはらみずほのくに》へ

当然の話　高千穂町

宮崎県西臼杵《にしうすき》郡高千穂町。ここは〈神々の里〉である。天邇岐志国邇岐志天津日高日子番能邇邇芸命《あめにぎしくににぎしあまつひこひこほのににぎのみこと》――邇邇芸命《ににぎのみこと》、すなわち天照大神《あまてらすおおみかみ》の孫・天孫が降臨した地といわれている。それもあってか、一晩中舞われる夜神楽を始めとして、街中を歩けば次々に神々に出会う土地だ。

そして、ここでは家の玄関に一年中注連縄《しめなわ》を飾る。邪気を払い、無病息災・五穀豊穣を願い、祖霊を祀《まつ》ると同時に、家内に年神を迎え一年ともに過ごすためであるようだ。

じつは注連縄の発祥は高千穂町にあるという。建速須佐之男命《たけはやすさのおのみこと》の乱暴狼藉の結果、ひとりの機織女が亡くなる。嘆く天照大神は岩戸隠れしてしまった。その天照大神を岩戸の奥から引っ張り出したあと、神々は〈二度と岩戸の中へ戻らぬよう〉と天岩戸《あまのいわと》の口に縄を張った。これが注連縄の始まりだという。

このように、日常に神々が溶け込んだ地が、高千穂町なのである。

本州に住む、ある人が教えてくれた。

―

世界的疫病が五類へ移行したあと、この人の知人たちが高千穂町を目指したという。仮にその名を、アキラ、ヒデヒコ、ソウタロウ、コウとしよう。

彼らは熊本県の阿蘇《あそ》くまもと空港へ降り立ち、そこからレンタカーで移動する算段だったようだ。高千穂町は宮崎県に属するが、文化圏としては熊本県の阿蘇になる。隣り合っている立地を考えれば当然の話だろう。言葉のイントネーションも阿蘇に近く、二つの地には類似の伝承・伝説も垣間見える。銀行も熊本のものが多く、地元の人のメインバンクになっていた。だから阿蘇にほど近い阿蘇くまもと空港からレンタカーを借りて移動するのは理に適っているのだ。しかしその旅は最初からトラブル続きだった。本州の空港では飛行機の出発時間が遅れた。それればかりか、到着も大幅に後ろへ移動した。阿蘇くまもと空港へ着いてから判明したのは、ヒデヒコが行ったレンタカーの予約が上手くいっていなかったことだった。ネットを介しての予約だったはずだが、ヒデヒコのケアレスミスだったようだ。

なんとか普通車を一台借りることができた。唯一免許を持っているアキラが運転席、助手席にヒデヒコ、後部座席にソウタロウとコウが乗り込む。走り出したあと、全員が飛行機や航空会社、レンタカー店への悪態をつき続ける。果ては「最寄り空港が遠い」「車を使わないと自由な移動がままならないのが辛い」などの文句へ変わっていく。

空港から出て間もなくして、ヒデヒコが静かになった。

体調を悪くしていた。高い熱があるようだった。

「おいおいおいおい、まさかアレじゃねーだろうなぁ？」

「オレ、まだ罹ったことねーんだけど？」

思わず警戒の声が上がる。解熱剤を飲んでもヒデヒコの体調は戻らない。次に後部座席のソウタロウとコウが言い争いを始めた。

「こんな遠いとこまできて、感染とかマジ勘弁だわ」

「なら来なきゃよかったろ。お前が行きてーっ、一枚嚙ませろ、ていったンだろうがよ。それなら今回の旅費、お前に貸すこともなかったンだわ。戻ったらちゃんと返せよ」

「ああ？」

険悪な空気に耐えきれず、アキラはいったんコンビニへ乗り入れた。後部座席から下りたソウタロウが酷く足首を捻《ひね》った。コウはコンタクトレンズを地面に落としてしまう。ワンデイだからといいながらトランクから新しいレンズを取り出そうとしたとき、今度は彼が両足を捻る。軽い捻挫《ねんざ》であったが、歩くのが辛いようだった。やや遅れてアキラも外へ出た。途端、強い吐き気に見舞われた。それこそその場で胃の内容物を全部ぶちまけてしまうのではないか、というくらいの吐き気だ。しかし、出てくるのは涎《よだれ》くらいだった。一時間ほど車内で休んで、ようやく回復した。ヒデヒコは黙ったまま目を閉じている。後部座席にいる二人は足首が酷く腫れてきたらしい。それでも合間合間に言い争っている。

　こんなに問題を抱えた状態で、高千穂へ行くのは難しい。熊本市内に取っていたビジネスホテルに入り、一晩過ごした。夕食の予定は郷土料理の店だったが、予約をしていなかったのでそのまま取りやめになった。そして翌日、熊本県の観光もやめた。

　全員、目眩《めまい》や頭痛などの体調不良を起こしたからだった。当然、ヒデヒコの熱も、ソウタロウやコウの捻挫も治っていない。アキラはアキラで胃痛に苦しむ始末だったらしい。

　飛行機の時間に合わせて空港まで戻り、レンタカーを返した。最後、車を所定の位置へ戻す際、アキラはレンタカー会社の社員を轢《ひ》き殺しかけた。そこまでアクセルを踏んでいない感覚だったが、そうではなかったようだ。

　それぞれが自宅へ戻ったあと、全員高熱を出した。ヒデヒコに至っては、入院してしまった。不幸中の幸いなのか、全員あの疫病ではなかった。だが、熱の原因がわからない。ヒデヒコ以外は三日ほど高熱に苦しんだあと、平熱へ戻った。

　それから少しあと、ソウタロウとコウが金銭トラブルに巻き込まれた。これはいまだ継続している。ヒデヒコは退院後、職場での信用を失墜させる事件を起こした。残るアキラは社内で大きなトラブルを引き起こし、会社本体に大損害を生じさせた。

「あの四人は、高千穂町で〈仕入れ〉をしてくるっていってました」

この話を教えてくれた人がいう。仕入れとはいったい何かと問うと、苦笑しながら教えてくれた。

「有名神社やご利益があるといわれている神社で御守りや御札を大量に購入するんです。それをネットで売って大儲けする算段だったみたいです」

短絡的な思考だ、とその人は苦笑している。そもそも御守りや御札は授けていただくものであり、買うものではない。だが、彼らは御守りや御札を買うと称している。単に商品としてしか思っていないことなのだろう。

「彼ら四人は、勝算があるといっていました。高千穂の神社の木から折った枝や剝がした皮、玉砂利や土、苔などを盗んで御守りや御札と合わせて〈パワースポットご利益セット〉として売ろうとしていたようです」

ただ、その目論見はご破算となった。そればかりか、現状全員がトラブルで身動きができなくなっている。高千穂へ行くなど、考えられない状態だった。

ちなみにアキラとヒデヒコの二人は、以前一度だけ高千穂町へ来たことがある。

疫病で移動が困難になる直前のことだったが、もともとは熊本県内の旅行のみを計画しており、高千穂町は予定になかったらしい。たまたま気が向いたのでレンタカーで移動し立ち寄っただけというが、ある場所へ偶然辿り着く。彼らいわく、ネットで有名なパワースポットだった。そこを訪れた直後、彼らはギャンブルで大儲けした。それればかりか、やることなすこと上手くいく。疫病が始まってからはそれも鳴りを潜めたというから短い栄華であったが、そのときの成功体験――パワーをもらったことが今期の〈仕入れ〉を思いつく発端となったようだ。もちろんギャンブルの儲けはすぐになくなった。高千穂へ行く予算は別の場所から無理矢理捻出したものである。そう。借金である。

その彼らのいうスポットの名を聞いた。確かにネットに載っていた。

しかし、そこはパワースポットではない。

これだけは書き記しておく。

山の端　高千穂町

祖母山《そぼさん》という山がある。

宮崎県西臼杵郡高千穂町と大分県豊後大野市《ぶんごおおのし》・竹田市の境にある祖母連山の主峰で、宮崎県一の高さを誇る。また、日本百名山にも選ばれ、登山ルートも整えられている人気の山だ。もともとは添利山という名であった。また、この山の山頂には神武天皇の祖母・海神の娘の豊玉毘売命《とよたまひめのみこと》が祀られているが、それは神武天皇東遷《とうせん》の折、海難に遭った一行が助けを求めたことに端を発する。神武天皇が海上から添利山に向かい、祖母・豊玉毘売命に祈るとたちまち海難は過ぎ去った。これ以降、添利山は神武天皇の祖母が坐す山なので〈祖母山〉となったという。よって、海神の娘である豊玉毘売命が祀られているのだ。余談だが、祖母山傾山系の〈傾山〉は、崖に落ちてどうしようもなくなり、最終的に自ら崖下へ身を躍らせた男の伝承・吉作落としの舞台である。また、同山系には神武天皇が東遷を前にして、三人の皇兄とともに祈願をした四皇子峰も連なっている。

さて、この祖母山の端でおかしな動物を見たという話がある。

当時高千穂町に住んでいた男性から教えてもらったのは、以下のような内容だ。

昭和後期だった。山仕事が終わった夕暮れ時、犬のようなものが二頭歩いていたので、野良犬だろうかと身構えた。山で野生化した犬は、獰猛で危険だからだ。

二頭の犬は、小柄だが成犬のように思える。やや小さい片方はメスか子どもだろうか。どちらも鼻から額にかけてなだらかな線の頭部を持ち、耳は小さい。前肢が短く、尾は太く短かった。全身灰色がかった茶色い毛だが、背中はやや黒っぽい。

変わった犬だなと思ったが、やはり怖い。嚙まれでもしたら、ただでは済まないだろう。大声を上げて追い立てるか、それとも傍《そば》に落ちていた石を投げるか。逡巡している最中、二頭の犬は山のほうへ消えていった。以来、似たような犬を見かけることはなかった。

さて、この犬とはなんだったのだろうか。

この男性いわく「人に話したらよ、ヤマインなんかやろうけん、珍しかーって」ヤマイン。山犬のことだが、一般的に山犬はニホンオオカミを示す。

二〇〇〇年、単なる野犬ではないかという説もあるが、祖母山でニホンオオカミが写真に撮られたという話がまことしやかに語られている。

では、この男性が遭遇したのは、いったいなんだったのだろうか。

やはり野犬だろうか。それとも――。

ただいま　高千穂町

かつての大戦時、高千穂町からも出兵した人々がいる。

サユミさんのお兄さんもまた、兵隊へ取られた。幼かったサユミさんをとても可愛がってくれた人だった。

戦争が終わっても、お兄さんは帰ってこなかった。家族はただ待った。きっと生きている。帰ってくる、と。しかしそれも打ち破られた。お兄さんは戦死していたと、報《しら》された。骨すら帰ってこなかった。

悲しみがまだ癒えぬ頃、秋の夕暮れだった。家の手伝いでサユミさんは家の裏手へ出た。

家は隣家から離れており、山の傍にポツンと寄りそうように建っている。だから、家の裏は山の傾斜に繋がっており、木々が生い茂る林になっていた。空いた場所に置いておいた焚き物を取ろうとしゃがみ込んだときだった。

頭上からちらほらと白いものが舞い落ちてきた――ように見えた。

（雪にゃ、まだ早ぇえが）

見上げるが、ただ夕焼けが空を朱《あか》く染めているだけだった。

視線を下ろすと、少し離れた木々の合間に誰かが立っていた。
薄闇になったそこに居たのは、戦地へ行った兄だった。
兵隊の服ではなく、普段来ていたシャツとズボン姿だ。
ただ、前と違って酷く痩せ、肉を削いだように頬が痩《こ》けていた。
そして、背がとても小さかった。
ここを出て行ったときの身長の半分くらい、大人の腰くらいの背丈だった。
「あんちゃん」
サユミさんの口から懐かしい呼び方が漏れる。
夕闇迫る林の中で、小さなお兄さんは少しだけ笑ってから、溶けるように消えた。
大声を上げながら林の中を探したが、お兄さんの姿は見つかることはなかった。

サユミさんはいまも高千穂町で墓を守る。
墓石には、お兄さんの名の次に、父親と母親の名が刻まれた。
次は自分だろうから、と娘夫婦と孫にあとの始末を頼んでいる。

おかえり　高千穂町

地区名は伏せる。志保さんは高校卒業するまで高千穂町に住んでいた。

彼女が高校の部活を終え、自宅へ戻ると明かりがついている。

居間へ続く引き戸を開け、ただいま、と声をかけた。

おかえりぃ。

野太い男の声が聞こえた。どこか野卑な声色だった。一瞬で血の気が失せる。この家に、男がいるはずがない。父親は県外で働いている。そして自分は一人っ子である。兄弟はいない。

いや、それ以前の問題で、部屋に誰の姿もなかった。

蛍光灯に照らされた部屋で身を固くしていると、突然灯りが落ちた。

叫んでしまう。ほんのわずかな間を置いて、再び光が戻ってきた。

ほぼ同時に玄関の引き戸が開く音がして、母親の「ただいま」が聞こえた。

「お母さん！」

志保さんは飛んでいくように母親のもとへ行き、いましがたあったことを話す。二人、恐る恐る居間を覗いた。

いつもと変わらない。テレビと暖房器具。小さな棚。炬燵があるだけだ。

ただ、天板の上に水滴が少し散っていた。焼酎の臭いがする。

父親が住んでいない現在、この家では焼酎を買っていない。そして煙草の臭いが薄く漂っていたが、家族に喫煙者は存在しなかった。

家中くまなく探したが侵入者はいない。また、盗まれたものもなかった。

その後は家に変事はなかったが、某氏と母親は家の中でひとり過ごすことをできうる限り避けるようになったという。


志保さんの大学進学を機に母親は父親のもとへ身を寄せた。いまは二人で鹿児島県に住んでいる。志保さん自身は宮崎県外で就職し、そこで結婚した。

住んでいた高千穂町の家は手放しており、すでに建て替えられて往時の姿はない。

当時住んでいた家の写真を見せてもらった。

玄関に注連縄がなかった。

彼女の父親の方針で、正月以外に注連縄を外す家だったようだ。高千穂町には一年中注連縄を張る家と、張らない家がある。彼女の家は前者であった。

境　高千穂町

亜紀美さんが語る。彼女の祖父母は戦後あたりに高千穂町へ引っ越した。

この移り住んできたときのことを、彼らはよく話していたという。たとえば〈高千穂への交通の便が悪く、移動するだけでもかなりの時間を要していた〉〈ガードレールも舗装もない道をトラックやオート三輪で通るのだが、時々命の危険を感じた〉〈稀に谷底に落ちた車や単車、オート三輪があった。動かない人の姿もあった〉など、いまでは考えられないような内容である。現在陸路で高千穂町へ入る場合、熊本県阿蘇側からでも、宮崎県側からでもかなり道路は整備されている。誰でも気軽に足を運べる、といっても過言ではない。ただ、やはり昔日だとかなりの難所を越えなくてはならなかったことは確かだったようだ。

亜紀美さんの祖父母は、さらにこんなことを口にしていた。

〈高千穂は深い谷が多く、車や単車が道路から落ちることもあったが、世を儚《はかな》んだのか、飛び降りる者も少なからずあった〉

それを裏づけるように、高千穂町を縫うように渡された橋の一部には高いフェンスが設けられ、さらに忍び返しが取りつけられている。

そして、亜紀美さんは、祖父母や母親からこんな話も聞かされた。

——亜紀美さんの祖母の行方がわからなくなったことがあった。まだ彼女の母親が小学生の頃だというから、結構昔のことだ。

いなくなった日、朝五時前に布団を出て行くのを祖父が見ている。これはいつものことだった。誰よりも早く起きて家のことをするのは祖母である。朝餉《あさげ》の準備ができると、祖母は家族皆を起こす。だが、その日は誰も起こされなかった。子どもの誰かがひとりで目を覚まし、母親（亜紀美さんの祖母）の姿がないことに気づいたのである。こんなことは初めてだ。

「かあちゃーん」

「どけ行《どこへ》ったかぁー」

家族全員は祖母を探し回る。仕事や学校がある者も休んで、高千穂中を駆け巡った。それでも見つからない。結局、昼前、祖母は祖父に連れられ家に戻ってきた。憔悴しきった様子で、手足に力が入らないようだった。発見した祖父いわく「あっこの橋の上におったけん」。そこは家からかなり離れた場所に架かった橋で、かなり高い。

「朝、起きたところまでは覚えとるけんが……」

それから先を祖母は覚えていなかった。橋の袂《たもと》でしゃがみ込んでいるのを、祖父が見つけるまでの記憶を一切失っているようだった。ただ、夢のようなものは見ていた気がする、それだけは覚えていると首を捻った。

それは若くして死んだ兄が、新品の単車に乗って迎えに来る夢だ。後ろに乗れと彼がいうので、荷台に跨がると凄い速度で走り出す。生きた心地がしないまま高千穂の至るところに連れていかれるのだが、途中途中に出てくる橋の真ん中で必ず止まる。そして下を覗き込んでは、違うなぁ、違うなぁと呟いた。

そして、ある橋の上に来たときだった。

〈ああ、ここや。ここ、ここ〉そういって単車に跨がったまま、橋の袂へ戻す。親柱の脇から谷底へ向けて車体を差し込んだ。そして荷台の祖母を振り返る。

――お前も一緒に行っか?

祖母は咄嗟《とっさ》に首を振った。途端に兄の顔が変わった。

知らない人の顔だった。戦後の愚連隊、要するに不良青年にいそうな四角い輪郭の、険のある顔つきだった。夭折した兄は真逆で、色白で優しい顔つきである。

不良青年は祖母に腕を伸ばしてくる。慌てて振り解《ほど》き、単車の荷台から逃げた。

途端に〈ウワー〉という野太い声がして、不良青年と単車は谷底へ消えていった。

夢の内容はそれだけだった。翌日、祖父と家族の一部が祖母のいた橋を確かめに行った。

いつもと変わらぬ様子だ。当然、谷底には単車も何も落ちていなかった。それから祖母には何もない。一度、遠く離れた兄の墓へ参ったくらいだった。

それからあと、亜紀美さんの母親も行方不明になったことがある。まだ結婚する前、それどころか中学生の頃だった。夕方、母親が学校の友人たちと別れたあとから行方がわからなくなった。いつまでも帰らないので家族総出で探したが、なかなか消息を掴めない。夜九時過ぎにようやく発見されたが、そこはあのとき祖母が見つかった橋の袂だった。

祖父の「また、あっこやろか?」のひと言が解決の糸口だった。なぜ祖父がそんなことを考えたのかはよくわからない。母親も友人と別れたあとのことは一切覚えていなかった。そして夢も見ていなかった。

それから数年後、亜紀美さんの祖父母たちは家族全員で宮崎県外へ引っ越した。以来、この地へ戻ることなく過ごしている。その後に生まれた亜紀美さんは、友人たちと観光で高千穂町を訪れた。とくにおかしなことはなかった。どこへ行っても素晴らしい景色や神社が多く、じつに楽しめたようだ。それから彼女は幾度か高千穂を訪れている。殊《こと》の外《ほか》、この地を気に入ったからだった。

「そのうち、移住するかもしれない」と彼女は微笑《ほほえ》んだ。

あの家　延岡市

延岡《のべおか》市は、宮崎県北部の中心となる市である。

市内へ近づくと現れる赤と白の巨大な煙突は、百八十メートルの高さを誇るランドマークとなっている。この煙突を有する有名企業の創業地であり、ここが抱えるスポーツの実業団はオリンピアンを多数輩出している。

工業都市ともいわれるが、じつは海と山、自然も豊かな土地だ。とくに複数の河川による豊かな水源は工場建設の一助となった。

また、宮崎県名物・チキン南蛮発祥の地でもある。チキン南蛮とは、鶏肉に衣をつけ揚げたものを南蛮酢に通したものにタルタルソースをかけた、ご飯が進む一品だ。ちなみに発祥の店ではタルタルソースはなしである。是非、食べ比べていただきたい。


この延岡市の中心部からやや外れた場所に、新築の一戸建てがあった。

隣の市である日向《ひゅうが》市に実家を持つひとみさんが結婚後に入居した家である。

延岡市といえば前述の巨大煙突だが、彼女の新居からは見えなかった。

住宅自体はモダンなデザインの分譲建売住宅で、ほぼ同じ外観の家が四棟並んでいた。二階建ての５ＬＤＫでそれなりの価格だった。新婚がいきなり買うようなものではなかったが、夫と二人で「共働きなら、なんとかなる」と踏み切った。

ジューンブライドの前に引っ越しを住ませたが、荷物を入れた当日、夫がひとりで泊まった。引っ越し時の縁起担ぎらしい。当人も「親にいわれたから」程度の認識だった。

その後、結婚式、披露宴、新婚旅行を終えた。ようやく落ち着けたと感じたのは、七月もとうに過ぎた頃だったという。

数棟並ぶ新しい建売住宅に入ったのは、自分たちが一番乗りだった。残りの三棟はなかなか買い手がつかないのか、いつまでも空いている。休みになると時折内見の客がやって来ていたが、そのほとんどが購入を見送ったようだった。

「一番に購入したお陰で、一番よい場所を取れた」とは夫の弁である。確かに立地は良い。四棟並んだうち、一番端の一軒だ。左右をほかの家に挟まれるようなことになっていない。そのお陰か、日当たりや風通しも良く、自家用車の出入りもさせやすい。東京などの都市部と違い、基本車移動が多い土地柄だからこそ、このあたりは重要なポイントでもあった。

初めての冬を迎えた頃だ。

ひとみさんが先に帰宅した。軽く頭痛がする。新居に来てから、倦怠感が続き、体調が優れない日が多かった。痛みに耐えながらゆっくり夕食の支度を終えたが、夫が戻ってこない。携帯へ連絡を入れておいたが、返事がなかった。

いつも帰ってくる時間より大幅に遅れて、彼が帰ってきた。

おかえりと声をかけるが、返事が重い。暗い表情を浮かべていた。わけを聞いてものらりくらりとはぐらかされる。スポーツマンタイプで少々のことなら笑い飛ばしてしまう彼らしくない。心配していると、ようやく重い口を開いた。

「父さんと母さんと、大喧嘩になったとよ」

退勤する時間、彼の実家から電話がかかってきた。いったい何事かと思えば『子どもはまだか?』という内容だった。正直、驚いた。披露宴からまだ半年も経っていない。そもそも二人ともまだ二十代だ。子どもを作るのはまだもう少し先の予定だった。

「俺もまだ先や、っていったとよ。それでも煩《うるさ》くてたまらんが」

夫の実家は宮崎県から遠く離れている。彼は九州の大学へ入り、九州の企業へ入社したことでここ延岡に住んでいた。その数年の間に九州の言葉が体に染みついてしまったらしい。いまは同年代の男性より方言が出るようになっていた。

夫は両親と電話口で言い争った。会話は平行線のまま終わった。親のいう通りになんかすっか、と夫は静かに宣言した。

が――この日を境に、夫は変わった気がする。

ひとみさんに対し、強い態度を取るようになった。そればかりか、二人で決めたことを何ひとつ守らない。挙げ句、予定になかった子作りを始めると独断で決める。当然拒むのだが、相手は怒りを隠さない。できるだけ優しく諭すと、今度はしくしくと泣き始める。情緒不安定だとしか思えなかった。夫の様子が落ち着いたときを見計らって「子どもはまだ先なんだよね？」と念押ししてみたこともある。夫は首を傾げ、その通りやけど？　と不思議そうな顔を浮かべた。


結婚して二度目の冬がやって来た。半年ほど前、残り三棟のひとつに買い手がついた。若い夫婦で、どちらも夫の知己のようだ。が、なぜかひとみさんには挨拶どころか近寄りもしない。自分から声をかけるのだが、それすらけんもほろろという態度で無視された。原因はわからない。夫に訊ねても「知らん。あっちにも都合か考えがあるやろうから。気にせんでいいわあ」と相手の肩を持った。こうなるとどうしようもない。こちらからコンタクトを取る必要はないだろうと、諦めた。

それにあれ以来ずっと夫の態度はおかしいままだった。最近は無理矢理子どもを作ろうとするのでそのたびに苦しんだ。親友に文句を吐き出すことでバランスを取りつつ我慢していたが、それもそろそろ限界だった。酷く体調を崩すときもあって、家の中で動けなくなったこともある。リビングのソファで蹲《うずくま》っていると、帰宅した夫が開口一番罵ってきた。

「何してんの？　家ンことは？　やらんと？　サボりけ？」

言い返す気力すら失った。

夫への不満を溜め込んだままの状態で、年末が近づいてきた。

真夜中、寝室の明かりがついた。夫に起こされる。

「おい、リビングに行こや」

いったい全体どういうことなのかわからない。一応あとをついていく。夫は照明のスイッチを入れた。暖房はないまま、彼はダイニングテーブルの定位置に座る。羽織るものがなく、震えたまま対面に腰かけた。夫が口を開いた。

「子ども、要らないっちゃね？」

突然の問いかけに、一瞬頭に血が上った。気持ちを落ち着かせて答える。

「要らないわけじゃないよ。タイミングがいまではない、ってだけ」

夫は不服そうな顔を一瞬見せ、口を真一文字に結んだ。時計は午前三時を過ぎている。こんな時間にどうしてこんな話をしなくてはならないのか。仕事から帰ってからか、休日の日中でよいではないかと怒りが湧いてくる。

ひとみさんは席を立った。夫があとをついてくる。無言でベッドに入ろうとしたときだ。

「……よかれと思って」

彼が呟きながら、ベッド脇の小さな収納ケースを開け、中から一枚の紙を取りだした。

名刺大くらいの長方形で、二つに折りたたまれているようだった。

彼はそれを開いて、こちらへ向けた。目にしても疑問符しか浮かばない。

イラストがそこにあった。中心に大きな二重丸があって、内側の円の中に少しリアルに描かれた顔がある。海外の顔がついた太陽の画に似ていて笑顔だった。そして二重丸の外には放射状に短い線が何本も引いてある。どことなく漫画の集中線のように思えた。単純なものだが、全体的に気持ち悪さが漂っており、なぜか嫌悪感が湧いてくる。

ひとみさんの気持ちを知ってか知らずか、夫が笑いながら口を開いた。

「これは、子宝を授かるジュフだ」と。

ジュフ。そのときはわからなかった。たぶん呪符だと気づいたのはあとからだ。彼は続けた。

両親が送ってくれた。家中にある。それでも子どもが出来ない。君が協力的じゃないからだ。

そもそも引っ越し前日に泊まったとき、この家にほかの呪符を仕込んだのだが、効果がなかった――だいたいの内容はこんな感じだった。細かいところは違うかもしれないが、大きく間違っていないはずだ。

(ほかの呪符が先にあった? そしてこんなものが家中にある?)

気持ちが悪くなった。掃除をしていても見つけられなかったのはなぜかわからない。巧妙に隠して貼られていたのだろうか。そもそもほかの呪符とはなんのためのものだ。

はいはい、そうだねとあやすように返しながら、彼女はさっと身支度を調える。そのまま夫を振り切って家を飛び出し、自分の車へ乗った。

これまでの不満に加え、この異様な告白に耐えられなかったのだ。日向市にある実家へ逃げたのはいうまでもない。実家へ戻ると、結婚後から続いていた倦怠感や体調不良は一気になくなった。原因が夫だったのか、それとも家だったのか、あるいは呪符だったのか。よくわからないが、もう終わったことだと彼女はすべてを切り替えた。

その後、ひとみさんと夫の離婚が成立した。

夫の姓から旧姓の兒玉《こだま》へ戻った。離婚理由は性格の不一致としている。あんな出来事が原因だなんていうのは恥だと思ったからだ。幸いなことに職場は元夫と無関係な会社だったことに加え、日向市寄りだったので転職せずに済んだ。

　離婚後、用事で延岡へ行った際だった。少し気になって、元夫と住んでいた家の前を車で通ったことがある。怖いもの見たさ、だったかもしれない。近づいていくと、なぜか家の前に夫が立っていた。近くに六人ほどの男女がいる。その中のひと組はあの夫の知己夫婦だった。全員がつまらなそうな顔で何かを話し合っているようだ。なんというタイミングだと思いつつ、脇道へそれようとしたときだった。

　夫の知己夫婦二人がこちらの車を指さす。そして夫を含むその集団が、こちらへ駆け寄ろうとする姿を見た。ひとみさんは乱暴な運転をして、一気にそこから逃げ出した。

　その後、夫からの連絡や実家への襲来を恐れていたが、結局何もなかった。

　それから少し経ったとき、ひとみさんは宮崎市の会社へ転職した。その直後、世界的疫病が流行し始めた。大変な時期を過ぎ、落ち着きを見せた頃だ。ひとみさんに恋人ができた。彼は前夫とは違うタイプの男性で、柔和な人物だった。

　彼氏と延岡のカフェを経由して阿蘇にドライブへ行こうとした日だ。ふと思い出し、当時のことを話してみる。呪符のことは黙っておいた。大変だったねと彼は労《いたわ》ってくれる。そして、その元夫と住んでいた場所は避けようといってくれた。

　カーナビに導かれるままカフェに向かっていると、あの赤と白の煙突が見えてくる。

　途中、右折せよと出てきたのでそれに従った。その後も何度か案内されるが、目的地から離れているような気がする。

気がつくと、あの家の近くに来ていた。思わず叫んだ。彼に説明する。方向転換しようとしたが、前後に車がいて難しい。交通の流れに乗るまま進むと、あの分譲建売が見えてきた。

なぜか、全棟が売家になっていた。いつの間にか元夫は引っ越したのだろうか。それともローンの問題があって手放したのだろうか。ふと呪符のことを思い出す。まさか何かあったのか。いや、金銭的な理由のはずだ。二馬力でやっとのローンだったのだから。きっと払えなくなって、手放したのだ。絶対にそうあって欲しかった。

後日、元夫のことを知る友人に彼がいまどうしているか訊いてみる。

「あの人、仕事辞めたよ」

元夫は実家のある土地へ戻ったらしかった。以来、連絡を取っていないらしい。

あの分譲建売はきちんと残っている。ひとみさんは自信なさげに口を開いた。

「元夫が仕掛けた呪符はもうないはずです。ハウスクリーニングも入ったでしょうし。だからないと思います。たぶん――」

理由不明　椎葉村

宮崎県の北部、九州山地中央部にある村〈椎葉村《しいばそん》〉。

壇ノ浦の合戦で敗れた平家の落人《おちうど》が隠れ住んだという伝承が残っている。

かの弓の名手・那須与一《なすのよいち》が平家追討の命を受けたが、病のため断念。弟・大八郎宗久にその任を任せた。が、かつて栄華を誇った平家の落人たちがひそかに農耕をして暮らすその姿を見て哀れに思い、幕府には「追討をした」と嘘の報告をしたという。

このとき大八郎の世話役をしていたのが、平清盛《たいらのきよもり》の末裔・鶴富姫《つるとみひめ》であった。いつしか大八郎と鶴富姫は恋に落ちる。大八郎はこの地に骨を埋める覚悟をした。――が、幕府より戻れと命が下る。

鶴富姫のお腹には大八郎の子が宿っていた。大八郎は宝刀・天国丸を姫に渡しこういった。

「もし男子が産まれたのなら、我が故郷下野《しもつけ》の国へ。女児ならこの地で育てよ」

産まれたのは女の子であった。

この大八郎がこの地へ入り陣を築いた際、椎の葉で屋根を葺《ふ》いたことを由来として、この村は〈椎葉村〉となった。それ以前の名はわからない。椎葉の名が書物に出てくるのは十五世紀、戦国時代からである。もしかすると名もなき地であったのだろうか。

さて、この椎葉村だが自然豊かな地のため、キャンパーやバイカーがよく訪れる。

取材でたまに耳にしたのは「バイクで通った」話だった。車では少々行き来が困難な道でも、バイクならなんとかなるからだろうか。

この通り抜けた人物のひとり、西田さんの話を記そう。

二〇〇〇年が始まった頃、彼は二十代だった。

憧れだったバイクを購入し、九州中を走り回っていたという。

秋が深まる中、四日ほどの休みを得た。自宅がある福岡県から南下し、熊本県、鹿児島県宮崎県を経由して大分県方面へ抜ける単独ツーリングを計画した。

初日は暗いうちに出発。予定通りの行程で鹿児島県へ入った。翌日から宮崎県へ向かったが、途中ルートを変更した。ツーリング仲間からこんな話を聞いていたからだ。

〈宮崎県の椎葉村は山深いが、とても綺麗な景色が楽しめる〉

ならば、と椎葉村へ向かった。ただし、問題があった。鹿児島から宮崎へ向かう道中、いろいろ立ち寄りすぎていた。この分で行けば、椎葉村に入るのは日暮れ前後になる。そうなると景色を楽しむにはギリギリの時間帯になってしまうだろう。だが、逆にいえば夕刻、マジックアワーに間にあうかもしれなかった。期待をして西田さんはバイクを走らせた。

　椎葉村入り口を通り過ぎた時点で、太陽は山の端に入ろうとしていた。季節的にここからは釣瓶落《つるべ》としである。これでは景色など楽しめない。どちらにせよ大分県側へ抜ける必要があった。宿の予約をしていたからだ。人家やほかの建物を横目に、アクセルを開ける。

　残照の中、村を抜けかけたときだった。車体が進まなくなった。

　自分の感覚より、ずっとスピードが出ない。メーターは時速三十キロを超えた程度になっている。ギアを落とし、アクセルを開ける。しかし加速しない。そして、後輪側――後ろのタンデムシートあたりに荷重がかかっている気がした。そればかりか、ライダースジャケット越しの背中に、何か冷ややかなものが伝わってくる。後ろに、何かが乗っている。あるはずがない。単独行だ。自然と目がミラーへ向いた。

　ヘルメットを被った自分の頭がある。その右肩越しに、それはいた。

　人の頭だった。白い。やけに額部分が横に膨らんでいる。瓢箪《ひょうたん》を逆さにしたような輪郭だった。黒い生え際だけが確認できた。たぶん髪の毛があるのだろうが、よくわからない。

　その白い逆さ瓢箪に、控えめな目鼻口がくっついているような気がした。一瞬の中だ。そういった風に見えた、としかいいようがない。ハッキリいえるのは、その小さな二つの目が、じっとミラー越しに西田さんの瞳を捉えているように感じた。目を逸らし、進行方向へ視線を固定した。やはり後部が重く、速度が上がらない。

突然ヘルメットの左右から何かの力が加わる。両側から同時に何かで押さえられたような感じだ。そして後ろに引っ張られるような感覚が始まった。風圧ではないことは、自身が一番よくわかっていた。引く力は徐々に強くなっていく。ヘルメットの中で叫んだ。ブレーキをかけ、急停止する。勢いのままスタンドを立て、後ろの何かを振り払うようにバイクを降りた。だが、何も居なかった。あるのはなんの変哲もない山道と、エンジンをかけたままの自分のバイクだけである。もう一度確認しようとヘルメットを脱いだ。何気なくその表面に目を落とす。頭頂部に、薄黒い煤《すす》汚れのようなものが一筋、すっと指でなぞったようについていた。何か厭《いや》で、即ティッシュで拭《ぬぐ》う。そして悪いことと知りながら、そのティッシュを道端へ投げ捨てた。再びバイクに跨がると、今度は普通にスピードが出てくれた。

這々《ほうほう》の体《てい》で大分県へ向かったことはいうまでもない。

あんな体験をしたのは初めてのことだった。だから福岡へ戻ったあと、友人知人に話して聞かせた。誰かがこんなことを口にする。

「時刻的に、逢魔《おうま》が時やったからやなかと？」

魔に逢うときだったから、そんなものに出会ったのではないか、というわけだ。そういうものかと半ば納得しようとしたとき、ふと思い出したことがある。

椎葉村を通る前の宿、鹿児島県のホテルでのことだ。

朝、目が覚めるとなぜか窓の外に千代紙らしきもので折った紅《あか》い人形があった。数はひとつ。掌《てのひら》の半分くらいのサイズだ。白い顔部分を室内へ向けている。三角形をしていて、ひな人形の趣があった。だが部屋は地上八階。窓は完全に開かない。開けられても隙間程度だろう。そこからだと届かない位置に人形はある。だとすれば誰かが外から置かねばならないことになる。そもそもチェックイン直後にこんなものはなかった。それは確実に覚えがある。どういうことだと思いながら、一瞬目を離すとすでになくなっていた。たぶん風に飛ばされたのだろうとそのときは思った。

白い逆さ瓢箪と千代紙に関連性があるのかどうかはわからない。

――じつは、この話と似た内容の体験をいくつか聞いている。すべて別の人物からである。

やはり椎葉村をバイクで抜けようとしたとき、後部が重くなる、という話だ。ひとりはミラー越しに白い顔の女を見たという。もうひとりはミラーに映った自分の肩越しに、何かが出てきたので慌てて視線を逸らした。そのまま走り去ったが、やはり途中まで後ろに覚えのない重量を感じていた。さらに別の人は所用で椎葉村を通ったとき、同じくバイクのミラーに女性の顔を確認している。いわく「二重写しのようにぶれていたが、どちらも違う顔のような気がした」。ただ、この二重写しの顔を目撃した人物は、これ以降何かと〈居もしない女性を見てしまう〉ことを繰り返している。だから、椎葉村という土地が見せているのではなく、見た人の何かが見せてしまうのではないか、とその人はいった。

この椎葉村は日本民俗学始まりの地でもある。

『遠野物語』を始めとした民俗学の書を世に送り出した柳田国男《やなぎたくにお》は椎葉村を訪れた。農商務省の高等官僚時代、明治四十一年七月のことである。

このとき、柳田は当時の村長・中瀬淳《すなお》氏と村を巡り、狩猟習俗を調べている。

その後、中瀬氏は村に残っていた巻物〈狩の儀式〉を復元し、柳田へ送った。これがのちの『後狩詞記』として世に出たのだ。

この『後狩詞記』は日本民俗学の出発点だといわれている、と柳田は述べている。

平家の落人が身を隠し暮らす谷間の村である椎葉村だが、歴史・伝承・文化の点でとても重要な地であることがおわかりいただけただろうか。

ある意味、遠野物語の原点ともいえる椎葉村と不可思議。興味深い。

名所　日向市

日向市の日向岬南端には馬ヶ背《うまがせ》という観光名所がある。

複数の巨大な裂け目を持つ断崖絶壁だ。長さ五キロメートルのリアス式海岸で、崖部分は高さ五十メートル。裂け目の幅は十メートルで、奥行きは二百メートルに達するという。

地上から見下ろす裂け目は柱状節理の岩肌が露《あら》わになっており、独特の景観を持っている。長い時間をかけ、波に抉《えぐ》られていった絶景がここにある。

なぜ馬ヶ背なのかといえば、海の上より見上げた岩肌が〈馬の背〉に似ていることからだ。そして空中写真で見てもこの地形は馬の背中に似た雰囲気を持っている。近年は硝子張り突き出し展望台も設置され、さらなるスリルを味わうことも可能になった。

馬ヶ背の近くにはクルスの海という名所もある。波に浸食された岩礁であり、馬ヶ背の成立と似た場所だ。ここは上から見下ろすと岩の裂け目が十字に見える。だからクルスなのである。このクルスの近くにある岩を口として〈口＋十〉で叶とし、訪れると願いが叶う名所となっている。

この馬ヶ背は自殺名所とまことしやかに語られている。

断崖絶壁という立地だからだろう。とくに昔日は飛び降りが多かったという話もある。だから現在も心霊スポットとして噂されている。

が、県内に住む岸井さんがこんなことを教えてくれた。

「馬ヶ背が自殺の名所とか、心霊スポットだとかいわれてますけど、本当にヤバいところは別にあるんです」

日向市内にあるらしいのだが、詳細を伏せる。ただ断崖絶壁のような野外ではない。屋内である。

「入居した人間に不幸が訪れるそうです。子どもは怪我をしたり病気になったりなのですが、大人の場合は自殺か事故に遭うとか。それに中でわけのわからないモノが目撃されるとも聞きました。どんなモノか詳細は私の口からは言えませんが、とにかく異様な何かが出る」

岸井さんはここを知って二十年以上経つが、どのようないわくがあるかわかっていない。起こったことと建物のことを具体的に絶対に書くなと止められたから、ここでは記さない。

ただ、外観は普通の建物であり、そんな話があることなど微塵《みじん》も感じさせなかった。本当に拙《まず》い場所というのは心霊スポットと噂されるような明快さを持たない、こういうところなのかもしれないといっていた。

この岸井さんにファミレスでほかの話を聞いていたときだった。

突然大きな音が店内に響いた。座っていた席からやや離れた場所から聞こえた。硝子窓を外から両手の平でドンと激しく突いたような音だった。

岸井さんも店内の全員がそちらを見たから、錯覚ではない。

音が鳴ったのは、ほかに聞こえないよう、声を潜めなくてはならない内容に差しかかったときだった。彼は眉を顰《ひそ》めたが、そのまま話し続けた。話すなということだろうが関係ない、といいながら。

取材後、この岸井さんが怪我をしてしまった。話し終えてから二週間ほどしたときだ。

家の玄関で転んで骨折したのだった。右手首、右足を折ったらしい。

「そこまで激しく倒れ込んだわけではないのですが……とても不思議です」

この話は書かないほうがよいのではと進言したが、岸井氏は是非書いてくれと主張した。

だから収録に踏みきった。一応ギリギリのラインまで書いてみたが、途中でパソコンがフリーズしたので一時は仕方なく諦めたものの、新たに書き直したことも申し添えておく。

引き金　高千穂町

宮崎県内に住む、ある人物の話をしよう。

仮に金原さん、とする。現在四十代後半の男性である。彼は二十代の頃に高千穂町を訪れている。目的はご利益であった。ギャンブルと酒、女性、車が好きだった彼は借金まみれであった。そこで一攫千金を夢見て宝くじを幾枚も買い、それを携えて高千穂へやって来たのである。

何ヶ所かの神社を回りながら彼は願う。

（とにかくよォ、楽して金が儲かるようにしっくれよぉ。一発逆転、宝くじ当選）

お賽銭は一円ずつ。そして手を合わせて拝殿奥を睨みつけての参拝だった。

——が、彼は神社内で煙草を吸いながら歩く。そして唾を吐き、吸い殻をそのあたりへ棄《す》てた。そしてご利益があるだろうと玉砂利や植わっている木の皮、苔を剝いで持ち去る。さらに拝殿や参道に落ちていた硬貨を懐《ふところ》へ入れた。

「これもご利益よ。帰りにスロットを打っとき、缶珈琲代くらいにできそうやわ」

だが、この後からの彼に不幸が連続して起こった。宝くじは全部外れ、ギャンブルをすれば有り金をすべて失う。種銭がなくなったので、さらに借金をしたが、拙い相手のところからだった。当然取り立ては厳しい。同時期、愛車だった走り屋仕様の車が突然止まる。修理費が嵩《かさ》む。直ったかと思えば、自損事故で廃車になり、金原さんも入院してしまった。その間に付き合っていた女性たちからは見限られる。その中のひとりに家電などをすべて持ち去られ、逃げられた。退院しても当然借金は減っていない。増えている。ギャンブルでは大負けを繰り返した。借金取りはまさに債鬼と呼ぶべき厳しさへ変わる。そこで親と祖父に泣きつき、肩代わりをしてもらったが、あとで遺産は渡さないと三行半《みくだりはん》を叩きつけられた。

借金の心配がなくなった途端、今度は内臓疾患が発覚し、長期の治療が必要になってしまう。なんとか働きながら病院に通っていたが、死んだほうがマシだという痛みが時々襲ってきて苦しめられ続ける。これでギャンブルを続ける気力を失った。依存に近かったはずだったが、痛みには勝てなかった。

このどん底のとき、金原さんは元ギャンブル仲間と再会した。元仲間は厭な感じに嗤《わら》う。そして近況を報告し合う中でこんなことを口にした。

「そら、祟りかなんかやが。聞けば高千穂行ってからやっちゃろ？　何かやらかしたんやろ。俺が知ってる霊能者に見てもらえばいいが」元仲間は験《げん》担ぎが好きで、よく占い師や霊能者を頼っている。そんな人物だからこその言葉だった。

紹介された霊能者は一時間の相談で二万。三十分延長ごとに一万という額だった。あまりに高いと思ったことを、いまだに覚えている。霊能者は女性で、三十代の女性だった。十人並みの容姿であったが、どこか厭らしさが滲《にじ》み出ていた。

「ああ、あなたに関して、私は何もできません」

真っ先に匙《さじ》を投げられる。それは高千穂が原因かと訊いた。彼女は首を振る。

「それは引き金です」

霊能者が説明を始めた。

〈金原さんの後ろに先祖たちと、顔が崩れた得体の知れない人間の形をしたものがずらりと並んでいる。これらはあなたを頼っている。あなたの生命力と運気を吸ってから、代わりに悪運（という言葉だった）を渡されている。もともとあなたの父方と母方の先祖が何か人を騙したり、殺害したりしているようだ。被害者の中には人を助けていた人物も何人かいる。あと動物を多数殺している。それればかりではなく、何か拙いこともしている。こういうことがすべて子孫のあなたに降りかかっている。ただし、それは原因の一種でしかなく、もともとあなた自身が重ねてきた悪事もある。今回のことは高千穂云々ではなく、単なるきっかけに過ぎない。そのタイミングでダムが決壊したような状態だ。私には何もできないし、ほかを頼ってもそうだろう。手を出すと自分が死ぬ。こんな相談を受けるのは割に合わない〉

だいたいの内容はこんな風だ。そこまで長く話した感覚はないのに、なぜか相談時間は一時間半を過ぎていた。金原さんの腕時計でも同じだったのでイカサマではない。数分過ぎた分はサービスでよいと、三万円請求された。お金を渡したあと、霊能者はこんなことを漏らす。

「あなた、一生そんな感じだから。そういったモノが、あなたが死ぬまで苦しめる。中にはダラダラ生かして長い間苦しめてやろうっていっているモノもいる」

そして、二度と来るなと遠回りに告げられた。


金原さんはこの霊能者をインチキだと論じている。

ただし、いまも内臓の病で病院に通っているし、人生のすべてが上手くいっていない。ただ最近三十代の女性と結婚話が持ち上がっている。すでにお腹には赤ん坊を授かっていた。病気のせいでそのようなことがあまりできない中での話であったが、これを逃すと親になれないと彼はいう。可愛い子どもがいれば転機になるかもしれないと喜んでいた。

やはり霊能者のいうことは嘘だった。これからの人生、悪くならないといいながら。

コラム　鬼八塚異聞

宮崎県西臼杵郡高千穂町には〈鬼八《きはち》伝説〉が残っている。

神武天皇の兄・三毛入野命《みけいりののみこと》が東遷同行の途中、高千穂町へ戻った。

そのとき、鬼八という荒神が悪さをしていたので退治をした。しかし、死した鬼八はひと晩経つと息を吹き返した。不死身であったのだ。

そこで倒した鬼八を頭、胴体、手足の三つに分けて封じた。

これもひとつの呪術であり、鬼八は復活できなくなったという。

現在の高千穂町に鬼八塚は残る。頭塚、胴塚、手足塚である。頭塚は旅館の前、胴塚は旅館の中、手足塚は高千穂高校の裏山にあるので是非お訪ねいただきたい。またほかの鬼八伝承を伝える場所は数多く存在するので、興味のある方はチェックしてみては如何だろうか。

ちなみに鬼八の剣で斬れた岩を、人気コミック〈鬼滅の刃〉のワンシーン、水の呼吸の修行と紐づけて語る人も多いようだ。

しかしこの鬼八、熊本県阿蘇地域だと〈鬼八は神武天皇の孫・健磐龍命《たけいわたつのみこと》の家来をしていたが、問題を起こして倒された〉という伝承で残されている。阿蘇と高千穂町は地域的に繋がりが強いからこそ、それぞれの地で伝えられる話が変化したのだろうか。

――じつは高千穂町の鬼八の塚に関してこんな話も聞いている。

〈分割した鬼八の身体は、頭、胴体、手足だけではない。性器も分断されて塚に埋められた。こうしないと斬られた五体が一ヶ所に集まって復活してしまうからだ。性器の通力は強かったともいわれている〉

だとすると、塚は四つになる。しかしいくら探しても性器の塚はない。

この話をしてくれたのは、大人になるまで高千穂町で暮らしていた人物である。

地元の人の口伝えではそうなっているのか。それともどこかで伝承が変化し性器の塚が消えたのか。はたまた語ってくれた人物とその家族にだけ伝わった話なのか。

別説として〈三毛入野命〉が鬼八の妻を奪ったという伝承も残っている。この鬼八が住んでいた八五郎屋敷跡の地面から、一・八メートル四方の巨石が出たが、ダイナマイトで処理したらしい。もしや、これが……と思わざるを得ない。

この件を含めて魅力に溢《あふ》れた話であり、興味を惹《ひ》かれる。

ちなみに鬼八の末裔は〈田部氏である〉という。

県央

天地《あめつち》の神《かみ》との出会《であ》い

斎の都は、神々の言祝《ことほ》ぎの都でもある。
巌の如く永遠と、咲き誇る花の刹那がこの地を覆う。
神々の旅立ちの地へ、ようこそ。

花咲綻《はなさきほころ》ぶ斎《いつき》の都《みやこ》へ

原因　宮崎市

宮崎市は宮崎県の県庁所在地である。

この県庁だが、本館の建物そのものが国指定有形文化財になっている。九州でもっとも古い建物で、重厚な外観は歴史の積み重ねを感じさせるだろう。現在は県庁見学ツアーも組まれ、観光地としても人気だ。

この宮崎市に住む吾妻さんが二十代の頃だった。彼女には不運が連続していた。少し高価なアクセサリーを落としたことが始まりだったと思う。次に奮発して買った腕時計を出先で置き忘れ、戻ってくることはなかった。さらにお金を下ろした直後、それをなくした。近くのカフェで荷物を整理したときが怪しかったが、店には届けられていなかった。また、掌を深く切ったり、足首を酷く捻挫したりと、怪我が重なる。職場では人間関係に悩み、家では両親と兄夫婦、親族が絡んだ問題が起こっていた。とくに母親と義姉は心労で痩せ細りだしている。

そして吾妻さんは健康診断で再検査の必要ありといわれてしまった。

ここまで不運が重なると、どうしようもない。

ふと神社でお祓いでも受けようかと思った。だが、自分だけではよくないのではないかと考える。家族も問題を抱えているのだ。皆で神社へ行こうと打診してみる。母親と義姉はすぐに賛同してくれたが、父親と兄は頑なに首を縦に振らない。

そこを説き伏せて、宮崎市で一番大きな神社で御祈願してもらった。名目は厄除けであったと記憶している。

その神社は宮崎神宮である。

初代天皇・神武天皇の宮・廟《びょう》として〈神武天皇宮〉〈神武天皇御廟〉の名を持っていたが、のちに神宮号が許可され現在の宮崎神宮となった。地元の人は「神武さま・神武さん」と呼ぶが、毎年行う宮崎神宮大祭そのものも神武さま・神武さんと称する。

もちろん主祭神は神日本磐余彦天皇《かんやまといわれびこすめらみこと》（古事記では神倭伊波礼毘古命）、神武天皇である。

日本の神話を語るにおいて、重要な地のひとつで間違いない。

また、市内のほかの場所には江田神社がある。祭神は伊邪那岐尊《いざなぎのみこと》と伊邪那美尊《いざなみのみこと》の夫婦神だ。日本列島と八百万の神々を産んだとされている。この神社が鎮座している阿波岐原は伊邪那岐尊が黄泉の国から戻った際、禊ぎを行ったとされている。その禊ぎにより産まれたさまざまな神々の最後に〈天照大御神〉〈月読命《つくよみのみこと》〉〈建速須佐之男命〉の三貴子が現れたという。そう。ここは三貴子が誕生した地なのだ。近くにも重要な神社があることも、書き添えておこう。

神武天皇の宮崎神宮から三貴子の江田神社、ほかたくさんの神社がある宮崎市は県の中心であるとともに、神話の一端に深く関わっている地といえよう。

だからこそ、吾妻さんは宮崎神宮を選んだのだ。

御祈願のあと、問題は徐々に解決していった。再検査の結果も問題なしだった。流石《さすが》にアクセサリーや時計、落としたお金は戻ってこなかったが、それはそれで仕方がないとことだと諦めもついた。

御祈願より半年ほど過ぎたあたりか。母親と義姉からこんな話を耳にした。

「あん人たちが原因やったかもしれんとよ」

あの不運の日々の原因がわかったかもしれないと、二人はこんなことを教えてくれた。

父と兄が二人、宮崎最大の歓楽街、西橘《にしたちばな》通り・ニシタチへ呑みに出かけたときだった。

彼らが居酒屋を出たとき、電飾スタンド看板の上に、二つ折りの財布を見つけた。

「父ちゃん、これ、入っちょるやろか？」

「かもしれん。開けっみればよかが」

色は焦げ茶で革製に見えた。ただ、中には何もない。硬貨はおろか、紙幣、カード類や身分証明書など一切残されていなかった。誰かが拾って中身を抜いてここへ置いたのだと思った。

そのとき、兄が財布の奥から何かを見つけた。白い紙に包まれた四角いものだ。サイズと形状は名刺くらいだろうか。ややそれよりも厚みがある。なぜ先ほど見落としたのかわからない。酔いの勢いで、包みを開いた。中には名刺より少し小さい白い台紙に、糸の束のようなものが三つ、セロハンテープで貼りつけてある。台紙の長辺側と平行になるよう十数本がひとまとめにされ、上下がテープで留められていた。長さは台紙から飛び出さない程度だろう。が、よくよく見れば糸ではない。色褪《あ》せ、茶色くなった髪の毛だった。

気持ち悪くなった父と兄は、包みも戻さずそのまま財布へ戻し、看板の上に放置した。

その晩を境に、彼らは同じ夢を見るようになった。

横に揺れる部屋で椅子に座っている。目の前にはテーブルがあった。なぜか茶碗で飯を食べている。入っているのは白米ではなく、得体の知れないものだ。茶褐色の粘土のようなもの塊《かたまり》だった。そのうち、歯に何かが挟まった。指で探ると、それは茶色い毛だった。長さはまちまちだが、ストレートなものや縮れたものが何本も出てくる。

気がつくと、目の前に女性が座っていた。ただどんな人かわからない。ただ女の人だなぁと思った。それだけだ。顔も髪も服も見えていない。ただ、女の人がいる。

その人が言葉を発した。

〈おまえらか。それとも〇〇と恵美利《えみり》か？〉

〇〇は父と兄で違っている。父は母親の名前。兄は義姉の名前だった。そして恵美利は吾妻さんの名前である。その声はややハスキーな女性のものだったが、威圧感があり、とても怖かった。答えないと殺されると感じるほどだった。父と兄は即答した。

「〇〇と恵美利でいいです」

その後も夢が続いたが、二人ともそこからの内容を覚えていない。

彼らはこの夢を数回見た。〈おまえらか。それとも〇〇と恵美利か?〉と女に訊かれるたびに「〇〇と恵美利でいいです」と同じ返答を繰り返した。そしてその頃から親族間トラブルと、吾妻さんの不運が始まった。

「お祓いしてからはもう夢を見らんごっ、なったっちいうが《見なくなったというが》。じゃから、どげん考えても、財布の中身と夢が原因やっちゃないか、っち《じゃないだろうかって》」

そうかもしれないが、確証を得る手立てはない。まあいまは大丈夫なのだからと、それぞれの夫に対して怒る二人を取りなした。――のだが、その後、父親の病が発覚、胃の半分を切除した。兄は仕事の現場で急に倒れ、前歯と奥歯数本、右手中指の先端を失った。

以来、吾妻さん家族は年に二度ほど宮崎神宮へ揃って参拝するようになった。

そのうちの一度は、必ず御祈願してもらう。

お陰で、家族全員さほどトラブルもなく、つつがなく暮らせている。

コツコツトンネル　宮崎市

宮崎市には、コツコツトンネルという心霊スポットがある。

略称はコツトン。正式名称は久峰隧道《ひさみねずいどう》。昭和三十七年完成のトンネルだ。

全長七十九メートル。幅五・六メートル。高さ三・五メートルで、やや狭い。

このトンネル内で車を止め、クラクションを三回鳴らすと〈コツコツ〉という靴音とともに女性の霊が現れる、あるいはリアウインドウなどの窓を叩かれるという。ほかには、トンネルを出ると原因不明の手形が無数についているパターンもあった。トンネルの怪異の基本のようなエピソードである。また、この足音に追いつかれると異界へ連れていかれる、車に女性が乗り込んでくるなど、バリエーションも豊富だ。

なぜクラクションを三回鳴らすと女性が出てくるのか。一説によれば「トンネル近くに女性が住んでいた。その彼女を彼氏が車で迎えに来る。ただ、公にできない関係だったため、着いたらクラクションを三回鳴らすのが到着の合図になっていた。クラクションを聞いた女性が出てきて、相手の車にさっと乗り込むのである。が、あるとき彼氏ではない車がトンネル近くでクラクションを三回鳴らした。鳴らした人物がこれを逢瀬の合図と知っていたのかわからない。急いで出てきた女性をその車が轢き殺してしまった。以来、トンネル内で女性が出るようになったのである」と、まことしやかに囁かれている。

理由には別のバリエーションもある。たとえば「トンネル近くでクラクションを鳴らすと家から若い女性が出てくると、ある男達が知った。男達は女性を攫《さら》うためにクラクションを鳴らす。騙されて出てきた女性は男達に襲われ、失意のうちに自ら命を絶った。その恨みが残り、クラクションを三回鳴らす車へ報復するために出てくる」――。ほかにも細かい違いがあるが、悲劇である点は共通している。疑問なのは、トンネル近くに住む女性に到着の合図を報すクラクションを、トンネル内で鳴らすことになっている部分だ。それで相手に聞こえるのだろうか。都市伝説が成立する過程で生じる矛盾を孕んだエピソードだからかもしれない。ちなみにトンネル内で心霊現象を起こすには、決められた作法がある。

・夜、トンネルの中央（目印になる落書き、あるいは落書きがないところ）に停車。
・ライトを消し、エンジンを止める。
・クラクションを三回鳴らす。
・使う車は白か赤（彼氏の車の色らしいのだが、なぜ二種類なのか）。

取材時、これらの作法をせずにトンネル内でクラクションを三回鳴らしたことがある。当然というべきか、何も出なかった。車を出口側へ止め徒歩で内部へ戻り、出てきて欲しい旨を大声で伝えてみたが、やはりなんの応えもなかった。のちに作法通りにやってみたが、やはり何も起こらない。トンネル内で声に出して何者かを呼んでみても変化はなかった。

ちなみにコツトンの先には廃病院や廃サファリパークがあり、そこが真のスポットであるという話もある。だが、病院は解体されており、サファリパークも現在はゴルフ場になっている。どちらにせよスポットとして訪れることはできない。そして真夜中のコツトンへ行くのはお薦めしない。「スポットによからぬ連中が潜んでいて襲われるケース」も想定されるからだ。実際、夜中にトンネル内を観察しているとそれらしきグループがやって来ることがあった。君子危うきに近寄らず。最初から危険な場所には行かない。これが肝要である。

さて、ここからは二十代の女性、幸田さんの話である。

女性が現れるというコツコツトンネル。

世界的疫病が五類へ移行したあと、彼女は彼氏と阿蘇方面へデートに出かけた。秋と冬の間くらいの時期で、楽しいドライブだ。途中、日帰り温泉にも立ち寄ったため、帰りは遅くなった。延岡市に着いたのが午前一時前である。彼氏の提案で、帰りしなにコツトンへ行ってみることになった。何も起こらなかったが、非常に盛り上がったという。そして廃病院を探しに行ったが、当然見つからなかった。彼女たちはすでに解体されている事実を知らなかったのである。結局来た道を引き返すことになった。佐土原《さどはら》体育館がある方向である。途中、お腹が空いたのでファミリーレストランへ立ち寄ろうとしたが、時間は午前三時を過ぎていた。二十四時間営業ではないので、結局コンビニで買い物をすることになった。

駐車場に車を止める。なんとなく窓という窓をチェックしてみたが、噂のような手形はない。ただ、少しだけ気になることがあった。リアウインドウのワイパーが立っていたのだ。コットン出発時やそのあとで立ち寄ったドラッグストアでも気づかなかった。さっきまで運転していた彼氏もルームミラーで後部ウインドウを目にしていたはずだが、知らなかったと首を捻る。だとすれば、いまし方立ったのだろうか。よくわからない。もとに戻してコンビニへ入る。情報誌を物色しようと棚へ立ったときだった。自分たちが乗ってきた車の真後ろに、一台の車が止められていた。縦ではなく、横だ。まるで移動を塞ぐような位置にある。コンビニ内部からその車の前後のオレンジのウインカーが明滅しているのが見える。助手席側をこちら側に向けていた。車種には詳しくないが、年配の男性が乗るような高級車に思えた。色は銀かシルバーグレーだろうか。ウインカーの光とコンビニの灯りの照り返しで判別が難しい。もしかしたらここから駐車場の枠内へ移動するのかと少し見守っていたが、微動だにしなかった。目を凝らすが、すべての座席に人が乗っていなかった。

（これじゃ、車出せないやん）

彼氏を呼んだ。彼は「これだと出られんが。誰や？」と怒りの滲んだ声を上げつつ周囲を見回す。コンビニ内に客は幸田さんと彼氏の二人しかいない。だとすればあの車の運転手はどこへ行ったのだろうか。先に買い物を済ませた。外を見ると、邪魔な車はいなくなっていた。コンビニを出て、幸田さんの自宅へ向かう。車も人もほとんど通っていない。時々トラックやバイクに出会うくらいだ。途中、彼氏が訝《いぶか》しげな声を上げた。

「後ろン車やっちゃけどよ。ずっとあとをついて来ちょっような気がするが」

振り返ると、車のヘッドライトが二つ光っている。近くもないが、離れてもいない距離感だ。あおり運転ではない。彼氏が説明を始めた。あれはライトや車体の感じからだと○○という高い車である。コンビニを出てから少し進んだとき、脇道から出てきた。ずっと後ろにいる。一度ウインカーを出し忘れて左折したが、そのとき相手もウインカーを出さずに曲がってきた。気になったので、今度はわざとウインカーなしで左に曲がった。やはり同じことを繰り返す。三度目のウインカーなしの右折にもついて来た。だから尾行されている気がするらしい。四度目は、幸田さんにも確認できた。確かに彼氏のいう通りだった。

「あん車、俺の車をつけちょっが」

彼氏がスピードを上げた。一般道では出してはならない速度だった。幸田さんの自宅を迂回するように遠回りをしている。後ろのライトが遠ざかり、いつしかいなくなった。

「これで、お前の家はバレんやろ。糞がァ」

彼氏が吐き捨てた。件《くだん》の車の目的はわからなかったが、ほっと胸を撫で下ろしたことを覚えている。ようやく幸田さんの自宅へ着いた。ここは彼女の実家である。当時、事情があってアパートから実家へ戻っていたのだ。一応、不審車がいないか確認したあと、近くの空き地に車を止めた。裏口から二階の自室へ彼氏を招き入れる。両親を起こさないように、静かに階段を上った。暗い部屋に入る。そのとき、開けっ放しのカーテンの向こう側でオレンジ色の光が明滅しているのが目に入った。灯りをつけず、そっと外を確かめた。

実家の横に車が横づけされていた。彼氏が声を潜めて断言する。「あン車や」

あの途中まであとをつけてきた車らしい。二階から見下ろしただけでは色はわからない。なんとなく、グレー系に思えた。

「俺が外で話つけてくっが」

飛び出そうとする彼氏を制した。相手の正体が不明すぎる。もし暴力団のような人間が相手だったらいけない。妄想だが、ないとはいえないのだ。

息を潜めて外を覗いていて気づく。エンジン音がしていない。ハイブリッド車だろうか。不意にウインカーが止まった。そして問題の車が走り去っていく。やはり音はしなかった。いや、していたのかもしれないが、そのときは聞こえなかった。カーテンを閉め、灯りをつける。買ってきたものを食べる気力すらなかった。彼氏とベッドに入ったが眠気すら訪れない。

ようやく眠りかけたとき、彼氏に叩き起こされる。

「オイ、いま、セキュリティ（アラーム）が鳴ったが。俺ンやつかもしれん」

薄く夜が明けかけた時刻だった。耳を澄ますが何も聞こえない。

「ぷぁん、ぷぁん、ぷぁん、っち、三回くらい鳴って、消えたっちゃが」

セキュリティのアラームなのに、勝手に止まるものか。焦《あせ》る彼氏と外へ出た。空き地へ行くと、彼の車が止まっている。ぶつけられたり、ドアをこじ開けられたりした形跡はなかった。

代わりに、フロントウインドウの上に、一冊の本が置いてあった。

ハードカバーだが、地味な装丁の本だった。彼氏が手にとって乱暴に捲《めく》る。自己啓発の本だと吐き捨てる。見せてもらったが本当にそうかわからない。モノクロの挿絵や写真も入っているが素人の落書きのような人物の画と三角形の図があった。本自体はあまり分厚くない。また値段やバーコードのようなものが一切見当たらなかった。

アラームの原因はこれを置いた奴と決めつけた彼氏は、本を地面に投げ捨てた。

その後、彼氏は幸田さんの家から荷物を取ると、そのまま帰っていった。

あの棄てた本は昼過ぎまで空き地にあったが、夕方にはなくなっていた。

その後、彼氏がこんなことを口にするようになった。

「あンつけてきた高級車。俺の職場の近くやら、先輩の店ン前やら、俺ン家ン近くにおるが。運転手のツラを見てやろうと近づくと、逃げっとよ」

近づかなくてもある程度はわかるのではないかと思うのだが、彼は一切そんなことを口にしない。それどころか、警察沙汰にしてやる、証拠を集めると息巻いている。それならナンバーを控えたかと訊く。それは忘れていた、と彼は驚いた顔を浮かべた。

それから数日後、自宅で父母と夕食を摂っていると玄関のチャイムが鳴った。

何度も何度も乱打される。母親が出た。叫び声が聞こえた。父と二人玄関へ行くと、彼氏が立っていた。片方の手に片刃鋸が握られている。もう片方の手には、つけられたジッポーライターがあった。真っ白な顔色で、周りを見回している。

父親が前に出た瞬間、彼氏が叫んだ。

「お前やろッ！　お前やろッ！」

俺を尾行しているのは、お前やろ、と繰り返した。そしてジッポーライターを突き出した。「いま、つけてきてたやろ！　いま、そこに止まったやろ！」

父親とはさっきからずっと一緒にいる。そして乗っている車は彼のいう高級車ではない。

父親は母親に「警察へ電話しろ」と命じる。幸田さんは慌てた。「この人は彼氏だ、自分の付き合っている人だから」と止めた。両親はこの時点まで彼氏の存在を知らなかった。彼氏は鋸で自分の太腿をピシャンピシャンと叩きながら喚《わめ》き続けている。

「お前やろッ!、お前やろッ!」

結局、彼氏は父親が追い出した。思わずあとを追いかける。やっと静かになっていた。

そして幸田さんの顔を見た。満面の笑みに変わった。笑ったまま空き地に行くと、止められていた自分の車に乗る。突然後ろに進み、縁石に乗り上げた。今度は前に進んだが、無理矢理動かしたせいで車体の下が縁石で擦《こす》れている。やっと道路に出たが、今度はサイドミラーを電柱か何かにぶつけ、壊した。それに気づいていないように、走り去ってしまった。

家に戻って父母に説明をし終えるのに長い時間かかった。あんな異様な行動をする男と付き合うなと、親はいう。至極真っ当な意見だ。自室に戻り、彼氏の携帯へ電話をかけた。出ない。メールやメッセージを送るが、梨の礫《つぶて》だった。メールの返事が来たのは翌朝、午前六時前だ。『なに?』だけである。昼休み時間に電話をかけた。彼は昨日の行動を覚えていた。そして『お前と、お前の家族が俺を陥《おとし》れようとしとっちゃろ!』と叫び、一方的に通話を切られた。

幸田さんは電話で彼と別れた。嫌気がさしたのだ。いまは新しい彼氏と交際を始めている。

比較的地元の大きな企業に勤めている人物で父母の覚えも良い青年だった。

別れてから元彼とは会っていない。が、先日、彼女がひとりで書店に寄ったときだった。自分の車を駐車場に乗り入れたとき、見知った車が止まっていた。

元彼の車だった。全体的に傷とへこみだらけになっている。車自慢をするほどの拘《こだわ》りがあったはずなのに、どうしてこんなことになっているのか理解できない。

もしかしたら誰かに売ったのだろうか。それなら辻褄も合う。とはいえ、なんとなく傍に駐車したくない。離れたところへ移動していると、書店の入り口から誰かが出てきた。

元彼だった。

以前と変わらない姿だが、片足を引きずっている。不機嫌そうな顔を浮かべていた。顔を合わせたくなくて、駐車場を出ようとしたときだった。彼の目が運転席の彼女を捉えた。

瞬間的に満面の笑みに変わる。そして持っていた書店の袋を落として、漫画のように両手を上に上げて近寄ってくる。しかし足が動かしづらいのか。異様なほど遅い歩みだった。だから、追いつかれる前に書店から逃げだせた。

それからその書店を含む、元彼が行きそうな場所を遠ざけるようになった。

幸いなことに再会することはないが、いつまた出くわすか不安で仕方がない。

いまの彼氏が福岡へ転勤するので、一緒について行けないか、幸田さんは画策中である。

アイランド　宮崎市

宮崎市に、青島神社《あおしま》という神社がある。

その名の通り、青島という島に鎮座している神社だ。青島は鬼の洗濯板と呼ばれる奇岩に囲まれた、周囲一・五キロ程度の小島である。鬼の洗濯岩は隆起した水成岩が長い間波に浸食されてできたもので、その名の通り洗濯板の様相を呈している。

青島神社は〈天津日高彦火火出見命《あまつひだかひこほほでみのみこと》〉古事記における火遠理命《ほおりのみこと》・ホオリノミコト。山幸彦《やまさちひこ》〉、そしてその妃である〈豊玉姫命《とよたまひめのみこと》〉、さらに〈塩筒大神《しおづつのおおかみ》〉を祀っている。神話における海幸山幸関連の神々である。創建は不明。もともとは島自体が禁足地であったと伝えられる。原初の信仰は自然・海洋だろうか。かなり重要な地であったはずだ。

境内にある本宮は、古代の祭祀が行われていた場所とされている。北東を向いて参拝できるのだが、これは海と昇る太陽に対する拝礼の場だった名残か。

現在は誰でもお参りできるパワースポットとして有名だ。山幸彦の神話になぞらえて、とくに縁結びや恋愛に関するパワーがあるとされている。

さて、この青島近くにも心霊スポットがあった。

ホテル・アイランドだ。

俗にいうラブホテルであるのだが〈病院を改装して作ったホテルで、部屋の引き出しからカルテが出てくる〉〈螺旋《らせん》階段が残っているが、これは手術室へのルートであった〉〈室内に看護師（当時は看護婦）の霊が出る〉などの噂が語られており、かの稲川淳二氏も訪れた。

実際のところ単なる廃ラブホテルであり、病院を改装した事実はない。噂からいつしか心霊スポットとされたのだろう。現在は取り壊され、往時の姿はなくなっている。また近くに廃病院があったらしいが、その跡地にアイランドが建てられた事実もないようだ。

このアイランド関連の取材中、別のホテルたちの怪異を耳にした。

現在も営業中のところもあるため、大まかな地域名や具体的な場所は伏せておく。

あるラブホテルに入ったカップルがいた。

最初にシャワーでも浴びようと、彼らは風呂場へ向かう。その途中、自分たち以外の足音が横を追い越していく。足音は裸足のような感じで、風呂場の中へ消えていった。

気のせいだとしてシャワーを浴びたが、どうにも落ち着かない。

ベッドに入ると、今度は風呂場の中で地団駄を踏むような音が聞こえ始めた。

カップルは何もせず、そのまま部屋を出たという。

あるカップルが旅行中にラブホテルへ入った。

ソファに座り、彼女が彼氏とスマートフォンで自撮りをする。斜め上から見下ろす形だ。こうすると小顔効果があるらしい。

撮られた画像に、二本の足が写り込んでいた。膝から下の足が、彼女の真横にあった。半透明なのか床の色が透けている。ただ、爪先に暗い赤のペディキュアが塗られているのはわかった。カップルは逃げた。

のちに、彼女も彼氏もその足写真を数名に見せている。見た人全員が「確かに足だ、それも女性のもの」だと驚いた。画像を送ろうかといったが、誰もが断った。何か祟られそうだから、という理由だった。

この話は足の写真を見せてもらった人から聞いたものである。

撮影したカップルはのちに別れ、それぞれ関西と関東へ引っ越してしまった。

カップルがラブホテルのベッドに座ったときだ。

彼女のほうが、膝から下の足を目撃した。彼氏越しに見えたホテルの壁沿いに、二本の足が立っている。膝から上は切り取られたようにスパッと消えていた。

目を凝らすとそれは消えた。そのわずかな時間であったが、いくつかわかったことがあった。

脹《ふく》ら脛《はぎ》と足首は太くも細くもない。スリッパなどは履いていなかった。爪先はペディキュアが塗られていたと思うが、ベージュ色のストッキングを穿いていたので色味はよくわからない。濃い色だった。雰囲気的に三十代の女性のような気がする。動きはなく、ただそこにある、という雰囲気だった。


足の噂を聞いたカップルがそのラブホテルを訪れた。

何か撮れないかとスマートフォンで何枚か撮影したが、何も写らなかった。

数時間後、ホテルを出たときだった。車を運転した彼氏が叫んだ。アクセルを踏む足がこむら返りを起こしたようだ。慌てて路肩へ止めるとき、彼氏が再び大声を上げた。

縁石に車が乗り上げる。車体の下から金属が擦れるような大きな音が響いた。

普通に止めるはずだったのに、ハンドルが引っ張られたと彼氏が呻《うめ》くように漏らした。

車の足回り関連にもダメージが入り、修理費はかなり高くついたらしい。

これはこのとき同乗していた彼女側から聞いた話である。

このときの彼氏とは別れており、現在は連絡先もわからない。

ちなみにここまでの四つの話は同じホテルでのエピソードである。

◆

市街地から少し離れたラブホテルがある。

そこで働いていた方いわく「いろいろなことがあった」。守秘義務があるだろうからあまり話せないがと前置きし、これくらいなら、とこんな話を聞かせてくれた。

利用客の忘れ物は日常茶飯事だ。

煙草、ライター、アクセサリーや腕時計、スマートフォンや財布など枚挙に暇《いとま》がない。よくわからない下着のほか、書けないようなもののもときにはある。なぜか手つかずの博多明太子の箱が残されていた部屋もあった。どんなものも大事に保管して取りに来るのを待つ。だいたいがすぐに気づいて引き返してくるか、電話で連絡してくるのでスムーズに受け渡すことができた。当然、忘れ物の特徴を訊き、本人確認をしてからの引き渡しになる。保管期間も設けられているが、生ものに関しては賞味期限切れになると廃棄される。このあたり含めてほかの宿泊業と変わらない。もちろん客の勘違いなどを含めてトラブルもあったが、そこは仕方がないところだろう。

ある日、部屋に一枚の写真が忘れられていた。

カラー写真だが、色褪せて見える。昭和時代の家族の写真に思えた。家の前で父母らしき男女二人と、Tシャツでスポーツ刈りの少年。その横には幼稚園児くらいの少女が立っている。横には乗用車が止められていた。何かの記念というには全員の服装は普段着のようで、シチュエーションがわからない。防犯カメラで入室したカップルの当たりはついている。若い男女だった（これ以上の情報はプライバシーもあるのでカットする）。

こんな写真を持っているようなイメージが湧かない人たちだった。

どちらにせよ忘れ物なので保管となった。

ところがいつまでも取りに来ない。連絡すら入らなかった。三ヶ月。半年。一年といつまでも保管場所に残っている。

このところ、職場ではこんな噂が囁《ささや》かれるようになっていた。

〈あの家族写真の忘れ物を保管してから、トラブルが続いている〉

いわれてみれば、確かにそうだと思った。おかしな客が増えている（これもまたプライバシー保護の観点からカットする）。売り上げも下がってきたような気がした。

そればかりか、スタッフが夜勤していると部屋から電話がかかってきて罵倒されることも増えた。とにかく謝るしかない。しかしおかしな内容だった。たとえば『何度も電話をかけてくるな』や『部屋のドアを繰り返しノックして何をしているんだ』などだ。そんなことはしていないし、もしほかの客がおかしな行動を取れば対応もしている。写真が来る前から何かしらいろいろあったが、ここまで頻発すると流石におかしいと思わざるを得ない。

トラブルや客からの理不尽な叱責が原因で夜勤スタッフが辞めていく。その歪《ゆが》みが日勤スタッフの負担になった。当然忙しい時期が続くが、ある時を境に突然に暇になった。利用客が急に減り始めたのだ。最終的にホテルは廃業になり、この話を教えてくれた人も職を失った。

ホテルがなくなるまで、あの色褪せたカラー写真を取りに来る者はいなかった。

その後、写真がどうなったかはわからない。

堀切峠　宮崎市

宮崎市には堀切峠《ほりきりとうげ》という海岸線の道がある。

青島地区から内海地区の間、鵜戸《うど》山地を越える峠道だ。新婚旅行のメッカだった頃はハネムーン街道とも呼ばれていたが、現在も太平洋の碧《あお》いオーシャンビューを一望でき、人々の目を楽しませてくれる。道の駅フェニックスにはいまもお土産や美味しいソフトクリームを目当てに訪れる人も多い。まさに観光地宮崎の一端を垣間見られる場所だ。

ただ、ここから見える海に、長い鉄柱状のものが二本突き出ているのに気づかれる方もいらっしゃるだろう。鉄塔のようなこれは海外の船舶が座礁した名残だ。そのまま放置されてしまい、船体は錆びて崩壊、残った一部がこの鉄塔である。近隣で漁を営む人たちからはこれが原因で漁獲量が減ってしまったという嘆きの声が聞かれている。

ただ――堀切峠は心霊スポットだという話もまことしやかに囁かれている。

夜、何度も何度も同じ車に追い越される。または横を抜き去っていく車の屋根の上に女が立っていて……などの怪談も書籍で残されている。

この世のものではない男の子や女の子、女性が現れるという話もあるようだ。

そして昭和四十年代、この近辺で幼稚園バスが事故を起こし児童が多数亡くなったという噂もある。調べてみたが、確実さに欠ける。詳細な情報を求めたいところである。

この事故の話と関連づけられたのか、突然現れて道路を横断する子ども、車の窓に小さな手形がつく、などさまざまな現象が起こるらしい。そしてこのバスはいまも残っているという話もあった（堀切峠の廃バス写真には、別の場所の写真も含まれている。ご注意を）。

ただ、確かに堀切峠は自動車やバイクの事故が起こる地点だ。夜中になればいわゆる走り屋がやって来て、スピードを競うのだから無理もない話だろう。また、カーブでハンドルを切り損ねて車が横転することもある。あの森田和義氏（タモリ氏）も、過去にバンドで宮崎県を訪れたときに堀切峠で車体の横転事故に遭っている。それ以来長い間現地を訪れていなかったがテレビ番組で再訪し、思い出を語っていた。

現在の堀切峠はトンネル開通により新道となり、とても走りやすい道に変わった。前述の通り観光やドライブに最適な道だとお勧めできる。

そして――これは平成の話である。

英里子さんは母親を連れて、日南《にちなん》市側から宮崎市側へ車を走らせていた。串間《くしま》市にある親戚の家を訪れた帰りだった。親戚は母親の姉、英里子さんからいえば伯母夫婦である。

夕刻だったが、夏が近づいている時期で日没までまだ時間があった。とはいえ、傾く日は左手に居並ぶ山で遮《さえぎ》られ始めている。

堀切峠に差しかかった。そのとき、後部座席から大きな物音が聞こえた。それは生木を割るような大きな音だった。助手席の母親が後ろを確かめるが、わからないという。車体のトラブルだと危ないことになるだろう。駐車して確かめようと話し合っているときだった。

――オレァ、こんさき《この先》ィ、よォ《どうしても》、いかン《いけない》。

後ろから、しゃがれたような男の声が聞こえた。知らない声だった。

後部座席からだった。ルームミラーには何も映っていない。英里子さんは自分の空耳だと思った。だが、母親が呟いた。

「……何か、後ろから聞こえんかった？　この先、よういかんって」

二人とも同じ声を耳にしていた。急に背筋が寒くなり、急いで堀切峠を抜ける。宮崎市に近づいたとき、最初に出てきたコンビニに車を止めた。

車体やタイヤに異常はなかった。恐る恐る後部座席を確かめる。自分たちのバッグと、新聞紙でグルグル巻きにした小玉西瓜くらいの包みがあるだけだ。これは串間市で親戚からもらったものである。座面から落ちないよう、バッグをストッパーにしていた。

母親が新聞紙の包みを開ける。

中から出てきたのは木彫りの像だった。

親戚が彫ったもので、モチーフは胡座《あぐら》を掻いた人である。禿頭の恰幅が良い男性を模したものだと聞いた。そして着物の片肌を脱いでいるらしいが、いわれなければわからない。素人細工なので鑿《のみ》跡も荒く、低い完成度だった。その木像の頭から胴体まで深いヒビが一本入っていた。もらったときにはなかったはずだ。持ち上げると、そのまま縦真っ二つに割れた。鉄錆の臭いが車内に充満する。

「これ、ここで棄てていかん？」

母親は英里子さんに同意を求めた。それもありだよね、と返す。

こんな木像いらないと断ったのに、無理矢理持たせたのは串間市の伯父だった。

「オレが彫ったとよ。遠慮はせんじよかが《しないでよいのだ》。こん先ィこイよイ良かンのもデクっが《これより良いものもできるから》」

見せられたときから気持ちが悪いな、車にも家にも入れたくないなと感じたことは否めない。しかしコンビニのゴミ箱へ棄てるにはサイズが大きい。自宅へ持ち帰り、父親に頼んで鉈で解体してもらい、ゴミに出した。

それから数日後、串間市の伯母から母親へ電話が入った。件の木像を彫った伯父が大怪我を負ったという連絡だった。英里子さん達が帰ったあと、自宅の庭で金属製脚立が倒れてきて近くにいた伯父の頭部を直撃。そのまま昏倒して後頭部をコンクリートの沓脱石《くつぬぎいし》にぶつけたらしい。かなりの大怪我でいまも入院しているようだ。やっと少し落ち着いたので電話をしたという話だった。

英里子さんと母親、そして説明を聞いた父親は同じことを口にした。

木造が割れたのと関係あるのでは、と。しかしなんの確証もない話で、単なる妄想に過ぎない。だから無関係だということにしておいた。

以降、伯父は木像を一体も彫っていない。

命は助かったが後遺症が残り、鑿すら持てなくなったからだ。それと同時に串間市の親戚と縁遠くなった。見舞いへ行くと連絡すれば、伯父が強く拒否をしているから来ないで欲しいと伯母はいう。だからいまはもう伯父と直接会うこともない。当然、毎日伯父の世話をしている伯母にも会う機会がほとんどなくなった。

伯父は次第に元気をなくしていっていると、母親の携帯に伯母からのメールが入る。

『よーいかん　よーいかん　死にたい　って毎日毎日　上手く出せない声で呟いている』

現在のところ、伯父は生きている。

伯母いわく、よオいかン、よォいかンと口にしながら。

その日は朝から

綾町

その日は朝からおかしかった。

中之郷さんはそんな風に表現する。十年以上前の、彼が有休を取った日だ。

彼女である友梨さんと朝早くからドライブへ出かけることになっていた。朝目覚めると、やけに部屋が暗い。朝八時前ですでに夜が明けている時間だった。カーテンを開けると、外は晴天が広がっている。ドライブ日和だが、室内に目を向けると暗く感じる。やはりおかしいと思いつつ身支度を終えた。友梨さんの家まで車で二十分程度だから、約束の時間にちょうど良くなる計算だ。だが、そこでトラブルが発生した。車の鍵がないのだ。アパートに帰ってくると定位置に置く癖をつけている。ドアを開けて右側の壁につけているキーホルダーかけに引っかけるのだ。かけ損なって落ちたのかと下を見ても見つからない。置いてある靴の中にも入っていない。室内やバッグ、昨日着ていた服までチェックしたがどうしても出てこなかった。車の鍵にはこの部屋のキーもつけている。合い鍵は友梨さんに渡しているため、このままでは出かけられない。友梨さんに電話して、遅れると謝った。最悪、家まで来てもらうことになるかもしれないといえば、彼女は明るい声で了承してくれた。

通話を終え、再び鍵を探す。見つかったのはそれから三十分以上過ぎたときで、あったのは玄関脇の鍵かけだった。見落とした記憶はない。そもそもその周辺は探している。納得できないまま、中之郷さんは友梨さんにいまから行くと電話で伝えて部屋を出た。

合流後、高速を使って鹿児島方面へ向かう。帰り、都城《みやこのじょう》市の美味しい店に立ち寄った。夕食を終えたあと、国道十号線を宮崎市方面へ向けて走る。時刻は午後十時前だった。十号線を使って宮崎市内へ向かう場合、真っ直ぐ進めば事足りる。途中一度だけ右折するが、ただそれだけなのに、なぜか道に迷った。改めてカーナビを設定すると、現在地は綾町《あやちょう》となっている。表示された地図と道路を見比べるが、なぜか合致しない。

「大丈夫?」隣で友梨さんが不安そうな声を上げた。

「大丈夫だよ。機械やから、こういうこともあるでしょ」

不安にさせないよう落ち着いて答えてみたものの、表示された情報と現実の風景が明らかに違う。ナビだと近くに工場などが表示されているが、走っている道は普通車一台分の幅しかない山道になっていた。右側にはガードレール、左側は木々に覆われた山の斜面が延々と続いている。そして道路照明や標識の類いが一切なかった。

観光名所である〈綾の照葉大吊橋〉から酒造会社の観光テーマパーク〈綾町酒仙の杜〉を経由し、宮崎市へ向かったことがあるが、そのときの風景に似ている。とはいえ、その道だと左側が川などになっており、ガードレールが並んでいた。そして右側に山と木々が見えていたはずだ。まるで逆の配置である。だとすれば後ろ方向へ進まないと市内に戻れないことになる。が、自信がなかった。おかしな表示だが、ナビもこのまま直進を示している。友梨さんに頼んでスマートフォンのマップアプリを確かめてもらった。ＧＰＳが上手く捕まえられないらしく、役に立たなかった。そして携帯も圏外だった。

迷ってからすでに一時間弱が過ぎた。カーナビは依然として〈真っ直ぐ進めば宮崎市〉になっている。しかし目の前の景色はどう見てもそんな雰囲気ではない。一度Ｕターンして来た道を戻ったほうがよいだろう。どこかで引き返すと友梨さんへ告げる。彼女もそれがよいと頷いた。少し進むと、右側にガードレールの切れ目が見つかる。それも間口が広い。速度を落として近づいてわかった。切れ目の先は、下りの道になっていた。車が二台すれ違えるくらいの幅があったが、土が剝《む》き出しで舗装はされていない。農道というものだろうか。車体の頭を突っ込んで、気がついた。

ヘッドライトの向こうに二階建ての家が浮かび上がっていた。

建物までの距離は、普通車を二台縦に並べたくらいの近さだ。ガードレールの切れ目は、住宅への入り口だった。中之郷さんの頭には疑問が渦巻いた。こんな近距離に建物があるなら、路上からでも確認できる。それなのに、いままで目に入らなかった。友梨さんも気づいていなかったようだ。目の前の家は、見える範囲すべての部屋に電灯が灯っている。車のライトで照らすのは迷惑行為だ。バックしようとしたとき友梨さんが訝しげな声を上げた。

「……ここ、なんかおかしくない？」

二階建てで街中でもよく見る現代的なデザインだが、周囲を囲む壁の類いはない。道路から少し離れているからだろうか。家の左右には田んぼか畑がある。玄関脇から少し離れた右側に屋根つきカーポートが設えられていた。そこには普通車二台。軽自動車一台。ミニバン一台。一部の車は屋根の外に出ている。宮崎県では免許を取った家族は自分の用の車を買うから、さして珍しい光景ではない。だが、確かに何かがおかしい。いや。じつは最初から違和感を抱いていた。何か嫌な感じがある。そして別の衝動が湧き上がってくる。それが気持ち悪い。カーナビを確かめる。なぜか溜め池の上に自車のアイコンが表示されていた。明らかに目の前の状況と違う。たとえようのない怖気が這い上ってきた。バックに入れて、一気に道路へ出る。来たほうへ方向変換したとき、友梨さんが叫んだ。

「あかり、きえた！」

車が路上に出て走り始めたとき、家の照明がすべて一気に消えたと彼女が説明する。厭な汗が滲んだ。サイドミラーにはすでにあの住宅は映っていない。来た道を戻っているはずなのに、途中から先ほどの記憶と違う景色になる。山の斜面が消え、道路照明が増えてきた。

気がつくとカーナビの表示と目の前の状況が一致している。

綾町の〈酒仙の森〉の傍を通る道になっていた。

その晩、友梨さんに無理をいって泊まってもらった。ひとりになりたくなかった。

それから数日後、男性の友人と宮崎市から綾町へ向けて真っ直ぐ走ってみた。どこまで行ってもあの夜と同じような景色は見当たらなかった。そして、宮崎市へ戻る際の道路は左にガードレール、右に山の斜面が続く道だった。


どうしてその家が厭だったのだろうか。中之郷さんは「周囲から浮いたような違和感」を理由のひとつに上げた。ほかの理由を訊ねると、彼は言葉を選ぶように口を開いた。

「――じつは、凄く、その家に這入《はい》りたくなったんです」

あのような状況下にもかかわらず、車を降り、あの家に続く道を全力で駆けていきたかった。

そして中へ這入りたかった。それが渇望だと気づいた瞬間、一気に気持ちが悪くなった。

「あとから友梨にその話をしたら、彼女も同じだったみたいです」

だから逃げ出すとき、彼女は後ろ髪を引かれる思いで後ろを見ていた。そして部屋の灯りが消える様を目の当たりにしたのだ。

のちに中之郷さんは友梨さんと別れた。あの家は、二度と目にしていない。

仏舎利塔　宮崎市

宮崎市には有名な心霊スポットがある。

それが仏舎利塔《ぶっしゃりとう》だ。仏舎利とは釈迦（仏陀）の遺骨を指す。この仏舎利を納めた塔が仏舎利塔である。仏舎利塔は日向灘に面した高台にあるのだが、もともとは城跡だ。日向の戦国武将伊東氏の外城・砦〈伊東四十八城〉のひとつである。そのせいか侍の霊が出るなどの噂が多い。また、周辺では押し入った強盗による一家惨殺が起きた家があり、そこでも出るという話も流布されていた。

実際に行ってみた人たちからはいくつかの証言を得ることができた。
・夜中、仏舎利塔へ近づいたら車がエンストして大変だった
・真夜中なのにひとりで歩いている男がいたが、振り返るといなくなっていた
・午前二時くらいに、中年の女性と小学生くらいの少女が並んで歩く後ろ姿を見た
ほかには一家惨殺の舞台になった家を探しに行ったところ、それらしいものは見つけた。空き家らしいので車から降りて調べてみようとしたとき、屋内の灯りがついたので慌てて逃げた――など枚挙に暇がない。ただし、この地で一家惨殺が起きたかどうか確かな情報はない。

また、仏舎利塔は釈迦の遺骨を祀るためのものである。きちんと拝まれているはずで、悪いことが起こる要素は皆無だろう。ただし、寺の外周や地蔵尊などの石仏には〈助けて欲しいと縋《すが》ってくるもの〉がいるという話もある。もしかしたらそのように仏の慈悲を求めた何かを目撃した、という仮説も成り立つ、かもしれない。


宮崎市内に住む山口君も、仏舎利塔を訪れたひとりだ。

世界的疫病が五類移行のあと、寒くなってから友人と二人で探索へ出かけた。仏舎利塔もだが近くにあるという一家惨殺の家が本当にあるのかを検証するためである。まだまだ血気盛んな二十代。行動力に満ち溢れていた。場所が場所なので、山口君は自分の車を出す。そして日が暮れる前、上の駐車場まで上がってはUターンし、往復してみたがそれらしきものは何もなかった。途中で出てくる建物が仏教の道場らしいので、そこを一家惨殺の家だと勘違いしている可能性を見つけたくらいだった。

一度仏舎利塔周辺を離れ、ファミレスとゲームセンターで時間を潰す。

午後十一時を回った頃、再び仏舎利塔への道を上った。狭い道で道路照明もない。スポットとしての雰囲気はよい。何も考えずに物見遊山で来るのなら盛り上がることこの上ないだろうが、彼らにとっては退屈な道だった。

仏舎利塔から下りてくると、白浜キャンプ場入り口になる。やや広くなっているので車を止めた。車外に出て休憩しながら、これからどうするか友人と相談する。

そこへ一台の車がやって来た。黒のスポーツカータイプだ。その車が停車する。運転席から男性がひとり降りてきた。山口君たちと同じくらいの年格好だ。大学生っぽい。マスクはしていなかった。

「ここ、仏舎利塔へ行く道やってですか？」

宮崎市民のイントネーションではない。そうですと答えた。迷うような道かと追加で訊かれたので丁寧に教えていると、助手席からもうひとり出てくる。若い女性だ。こちらもマスクなしだった。大学生か、下手をしたら女子高生くらいだろう。今時の髪型と服で、とくに特徴がなかった。

「ブッシャリトーって、こわいですか？」

怯えた硬い顔だった。そんなことはないし、噂のような事実もなさそうですよと否定する。女性の緊張が少しだけ緩んだ。気をつけて行ってらっしゃいと、山口君たちは二人を見送る。あっという間にテールランプが見えなくなった。結構運転技術があるようだ。

もう少し休憩をしたあと、改めて自分たちも移動しようかとしたときだった。

仏舎利塔のほうから、エンジン音が近づいてくる。あのスポーツカーだろうか。それにしては早い帰りだ。通らせてから車を出すことにして、ライトを消したまま待機する。

登り口からあの車が飛び出してきた。そしてあっという間に目の前を走り去る。普通なら絶対に出さないスピードだ。どれくらいの速度かといえば、一瞬でもミスをすれば、事故を起こしても不思議ではない、といえば伝わるだろうか。まるで何かに追い立てられるような様子だった。

少し気になって、もう一度仏舎利塔へ向かった。

駐車場へ入ったとき、隅のほうで何かがライトに浮かび上がる。降りて近づいた。

赤ちゃん用の靴が二足、寄り添うように揃えてあった。色は赤と黄色だった。その傍には赤ちゃん用の粉ミルク缶とお菓子が、まるで供えられるように置いてある。

夕方のときも、さっき往復していたときも目にしていない。それに狭い道だ。ほかの車とすれ違えばすぐにわかる。そんな相手は一台もいなかった。だとすれば、これを置いたのはあのスポーツカーの男女ということになる。しかしそれにしては戻ってくるのが早かった。異常なほどといっても過言ではない。

何か嫌な気持ちになる。靴もミルクも何もかも放置して、その場をあとにした。

帰り道の途中、友人がこんなことを口にする。

「あのさ、あんときいわなかったけどよ」

スポーツカーから男性が出てきたとき、少しだけ場にそぐわない匂いがした。なんだろうと思っていると、女性が降りてくる。そのとき、香りが強くなった。そしてそれがなんなのか、友人は思い当たった。

赤ん坊のいる家の匂いだ、と。

彼の姉が子どもを産んだばかりで覚えがあった。乳臭いような、酸いような、純な匂い。それが男女から漂っていた。しかし山口君は一切そんな臭気を嗅いでいない。男性からはきつめの香水と、酷い煙草の臭いがしていた。女性は女性で強めの香水の香りだった。

そして、そこに少しだけ生ゴミっぽい悪臭が混ざっていた。ああ、この人達は汚部屋にでも住んでいるのかな、だから香水で誤魔化しているのかなと思ったくらいだ。

二人の嗅いだものが違う。片や赤ん坊の匂い。片や悪臭。そして駐車場の靴とミルク。事故を起こしそうな猛スピードで去って行くスポーツカー。何かがおかしい。そして、いつもなら男女がいなくなったあと、その臭いについて、口にしていたはずだ。友人もその場で赤ん坊の匂いに言及しなかったことに首を捻っている。

後日、また仏舎利塔へ行ってみたが、靴下もミルクも、何もかもなくなっていた。

社員寮　木城町

児湯《こゆ》郡木城町《きじょうちょう》に、高城さんの実家がある。

彼女が産まれた木城町は高鍋秋月藩が治める土地だったが、明治二十二年の市町村制に伴い誕生した町である。もとからあった地名の椎木、高城より取って〈木城〉とした。

日向国時代は交通の要所として栄えた地域だった。人や物が往来するということは、文化も豊かになる。そう考えると重要な地であっただろう。

戦国時代・天正六年（一五八七年）の〈耳川《みみかわ》の戦い〉の舞台にもなっている。

豊後国・大友宗麟《おおともそうりん》公と薩摩国・島津義久《しまづよしひさ》公の合戦で、別名「高城川の戦い」「高城川原の戦い」「西の関ヶ原」。この戦死者を供養する〈宗麟原供養塔〉が川南町に残っている。

ちなみに合戦場所の耳川の名の由来は複数ある。

神武天皇の東遷出発地で〈御津《みつ》〉〈神武天皇の子らの名につくミミから〉などだ。神武天皇の子の〈ミミ〉は土地の酋長・首長が大きな耳輪をつけるという古代の風習からだ、という説もある。じつに興味深い。

さて、話を戻そう。高城さんは宮崎市内の会社へ就職した。が、宮崎市が職場だと、木城町の実家から毎日車通勤するのは辛い。高速でも四十分、下道だと一時間弱かかる。朝の準備を考えると現実的ではなかった。

だから彼女は会社の寮に入った。宮崎市の中心部に借り上げたアパートだ。

1LDK。トイレ、お風呂つきである。男性社員と女性社員で棟を分けているので、合計二棟のアパートが用意されていた。この二棟は別々のエリアに建てられたものなので、それなりに離れている。じつは高城さんたち新卒者を対象にその年から用意されたもので、彼女たちが初めて使うことになっていた。これは福利厚生の一環として新卒者向けにアピールしていたひとつだ。ただ、アパート自体は築十年以上が経っており、所々のセンスがやや古い。それでも安価な家賃と短い通勤距離には抗えなかった。

――しかし、この寮ではおかしなことが頻発した。

以下は高城さんとその寮に住んでいた人たちの証言である。

「部屋のカーテンを閉めようとしたとき、背後にあるドアが開いた。誰だろうと振り返ると誰もいない。そもそも鍵とチェーンがかかっていたはずだから、開くことがおかしい」

「誰も入っていないトイレから水が流れる音だけがする」

「お風呂に入っていると、外で誰かの足音がする。施錠しているのに誰だと思っていると、足音はそのまま玄関ドア方向へ動いていき、消える」

　この程度ならまだ我慢できた。だが、ついには部屋の中でおかしな人影や、女の頭を見たという者も現れ始めた。入社から約一年が過ぎようとしていた頃だ。

　ひとり、またひとりと寮を立ち去る者も増える。中には会社も辞める人間もいた。

　社内は噂で持ちきりになった。そこでわかったのは、高城さんたちのアパートから離れた場所にある男性用寮も似た状態になっていることだった。

　また徐々に会社の業績が思わしくなくなっていた。高城さんたちが入社する一年ほど前からだ。中堅の男性社員いわく「専務に社長の息子が就いたあたりからだ」。良い大学を出て、大企業に勤めていた実績があるが、人の上に立つ能力が絶望的に欠如しているらしい。また社内改革と称していろいろ手を入れたが、それが軒並み足を引っ張っているようだ。その中に、高城さんたちの寮も含まれていた。新築ではないが仮にも市内のアパートだ。毎月の支払いはかなりの額になっていた。

　古参と中堅社員も口を揃える。

「社内改革あたりから、いくら頑張っても数字が上がらない。徐々に業績が落ちている」

　験を担ぐタイプの古参が漏らした。

「どうも、よくない何かに手を出したんじゃねとけ？　たとえば土地とかよ」

古参がいうには「業績が好調な会社が新店舗や新工場を増やそうと、他社の工場や土地を買収。のちに倒産しかけた事例は割と聞く」らしい。もちろん経営手腕のせいもあるが、時々〈会社と相性の悪い土地〉〈障《さわ》る土地〉の影響を受けたせいだという話も多いという。

古参の喋る内容を耳にしながら、高城さんはあることに気づいた。ここ数ヶ月の間、社員が怪我や病気で離脱やリタイヤすることが多くなったことだ。役職つきも平も関係ない。つい先日も専務の下に就いていた社員が自動車事故で入院した。社員が減った分は契約社員を増やして対応しているが、いつまでもそういうわけにはいかないだろう。とくにベテラン社員が動けなくなった影響は大きい。取引先とのやり取りのノウハウなどを持つ者がいなければ、競合他社へ仕事は流れてしまう。相次ぐ不幸や落ちていく業績で、会社全体に重苦しい空気が蔓延し始めていた。

入社から一年と七ヶ月が過ぎた。寮の異変は相も変わらず続いていた。残っている社員は初期から比べて半数ほどか。

高城さんも会社を辞め、寮を出ることを決めた。部屋に自分以外の気配を強く感じるようになったからだ。それだけならまだしも、微熱が続くようになっていた。

退社し、木城町の実家へ戻る。次の就職先は決まっていなかった。

やることもないので、町内にある〈木城えほんの郷〉や武者小路実篤らが開村した「新しき村」にある〈新しき村美術館〉などに足を運んで暇を潰した。もともと好きな場所だったが、ひとりでは少々楽しさが減る。次第に外出することも減り、近所での買い物かハローワークに出向くくらいになってしまった。

鬱々と実家で過ごす中、とても肌寒い、曇りの日があった。

両親は仕事でいない。昼食を終えた高城さんは、ハローワークへ行く予定だった。寮を出てから微熱は収まったが、時々異様な痛みが身体に走ることがあった。とくに足裏から膝裏、太腿《ふともも》にかけて激痛が上ってくる。病院にかかったが神経関連の影響云々といわれた。痛み止めを飲んで誤魔化しつつ、就職活動を続けるほかない。その日は珍しく痛みがなく、薬は飲んでいなかった。いまのうちだと自室で身支度を調え、ドアを開けた――ところで記憶が飛んだ。

気がつくと、外にいる。すでに薄暗い。

アスファルトの上、路上に立っていた。少しだけ離れたところに自分の軽自動車が止まっている。路肩に対し、大きく斜めになっていた。ハザードが繰り返し点滅している。エンジンがかかっていた。全体の印象は、緊急時に慌てたような止め方、か。自分がいる場所を改めて認識した途端、全員に怖気が走った。

木城町内にある、飛び降り自殺が多いところだった。

慌てて車に乗り込む。なぜか運転席が一番後ろのポジションになっていた。自分の体格だと、アクセルとブレーキに足が届かない位置だ。乗り降りするとき、一回一回動かすことはほぼない。シートの調整をしていると、助手席の座面に出刃包丁が二丁、無造作に乗せられているのが目に入った。乗ったときに気がついていなかった。当然見覚えがない。自宅にあるものでもない。全体的に錆びているが、わずかに刃の部分だけ研いである。握りに近い部分の峰に沿って、文字が彫り込まれていた。名前らしき漢字だった。片方は信也。もう片方は留美子とあった（あまりのことに、名前と漢字の組み合わせは間違って覚えている可能性が高いと高城さんは証言している）。グローブボックスから取り出したティッシュを何枚も重ね、包丁二丁を掴む。窓からティッシュごと路肩へ投げた。

そのまま一目散に自宅へ向かう。車内の時計は十七時前だった。出かけようとしたときは十三時前である。明らかに空白の時間があった。家に着く。日が完全に暮れていた。まだ両親は帰っていない。玄関からすべての電灯をつけていく。自分の部屋のドアが開けっ放しになっていた。ほかに変わった部分は何もなかった。が——後日、高城さんは車のドアに手を挟んで骨折した。父親は仕事中に大怪我を負い、入院。母親は病気が見つかり手術になった。

立て続けに舞い込む不幸に、高城家は家と家族全員をお祓いしてもらった。

しかしこれもまたスムーズに進まなかった。お祓いを頼むために神社へ行く際、何度も事故に遭いかける。そればかりか、単純な道なのに工事や道迷いで神社へ辿り着けなかった。さらに家のお祓い当日、神職が高城家へなかなか来られないトラブルも起こっている。カーナビを使ったようだが、それでも迷ったらしい。

お祓いの最中、家族三人は気分が悪くなって倒れそうになった。祈祷が終わるとこれまでと打って変わって清々しい気分になり、家の中も明るく感じたという。だが、神職は酷く疲れた顔をしていた。理由は誤魔化されたが、明らかに手が震えていた。

以来、高城家には何もない。彼女の身体から痛みも消えた。

寮から出て十数年が経ち、高城さんは違う名字になって鹿児島県で暮らしている。

「そのハローワークに向かおうとされた日、記憶がない部分で何かほかに思いだせることはありませんか？」

そう訊くと、彼女は首を振りながらいった。

「……ほかには、何も覚えていません。完全に記憶が欠落しているみたいです。ですが……」

彼女はそういってこんな内容の話を始めた。

家のお祓いが済んでから数日後だった。高城さんは自室の模様替えをしていた。単なる思いつきだった。ついでに持っているバッグの整理整頓と手入れをしようとすべて並べた。その中に会社員時代のビジネスバッグがあった。ブランド物などではないが、使い勝手がよい品だ。ハローワークへ行くときに使っている。改めて外を拭《ふ》き清めた。そして中をチェックしたのだが、我が目を疑った。

返したはずの〈辞めた会社の社員証〉が入っていたからだ。記憶違いではない。確実に会社へ渡している。そのときの光景も細かく思い出せるほどだ。それにこのバッグは実家へ戻ったあとも使っている。中身の入れ換えも何回かしたが、そのときには社員証など影も形もなかった。いったいどうしてここにあるのかが理解できない。

即、手紙とともに社員証を配達証明つきであの会社へ送った。返答はなかったが、配達はされたようなので問題なしとあとは放置した。

その後、彼女が入社した会社は倒産した。あの寮だったアパートは解体されたと噂で聞いている。理由は定かではない。もちろん、わざわざ確かめに行くつもりもない。

コラム　鰐塚山　鰐は何処に

鰐塚山《わにつかやま》。

宮崎県の宮崎市から日南市、北諸県《きたもろかた》郡三《み》股町《またちょう》にかけて聳《そび》える山である。

鰐塚山地最高峰のため、テレビ塔などが設置されている。

この鰐塚山周辺には縄文時代の遺跡が存在する。そのせいかどうかわからないが、不思議な話が多い。本書では書かなかったが、現在も未確認飛行物体（ＵＦＯ。未確認異常現象・ＵＡＰ）の目撃例がある。

しかしなぜここは鰐塚山と呼ばれているのだろうか。

これは古事記に記載されている〈海幸・山幸〉神話に端を発する。

海幸彦《うみさちひこ》・火《ほ》照命《でりのみこと》から借りた釣り針をなくしたことで、山幸彦・火遠理命は海にある綿津見神宮へ探しに行く。ここで豊玉毘売命と出会った火遠理命は彼女と結婚し、三年もこの地で暮らしてしまった。のちに針を見つけて地上へ戻るのだが、その際乗ってきた鰐（鮫、フカ。爬虫類の鰐。あるいは龍の説あり）の塚があるのが、この鰐塚山の名の由来であるという。

この神話、浦島太郎（浦島子伝説）に近い部分が多い。ちなみに宮崎県に浦島太郎が祀られる野島神社が存在するが、祭神は塩筒大神などの海や道案内に関連する神々である。野島神社に浦島太郎の話に似た伝承が残っていることで、浦島太郎を祀る、となったようだ。

さて、話を戻そう。火遠理命が地上へ乗ってきた鰐だが、大きな岩になったという説がある。この岩が塚となり、鰐塚、というわけだ。

しかし、鰐塚山から海までそれなりの距離があるが、鰐がどうしてここまで辿り着けたのか。神話なのだから意味はないと考えることは簡単だが、気になる部分は多い。塚と名づけるのなら、墳墓のようなものではないかと想像も働く。たとえば、火遠理命の協力者である豪族の首長墓がある、などだ。これは妄想に過ぎないが、このようにほかの事柄と併せて考えることが大事なのかもしれない。

が、じつはこの鰐の塚。伝承だけが残っており、本体である岩が見つかっていない。熊本県南阿蘇村にある〈阿蘇大御神足跡石〉も行方知れずになっていたが、のちに発掘されている。このように鰐の塚もいつか見つかるかもしれない。

ところで、鰐塚山の頂上へ続く尾根を上空から見ると、フカ・鮫に見える気がするのは気のせいだろうか。もしかしたら鰐塚山そのものが鰐の塚なのか。

謎はさらに深まった。

県西

神倭《かむやまと》の始《はじ》まり

山々に囲まれたこの地は、遙かなる古代に湖であった。
神々はここに宮を築き、水迸る美しき峰を望む。
そして天下安泰を掲げ、東にある大倭豊秋津島を
目指す旅を始めた。

清冽《せいれつ》なる天皇《すめらみこと》の宮《みや》へ

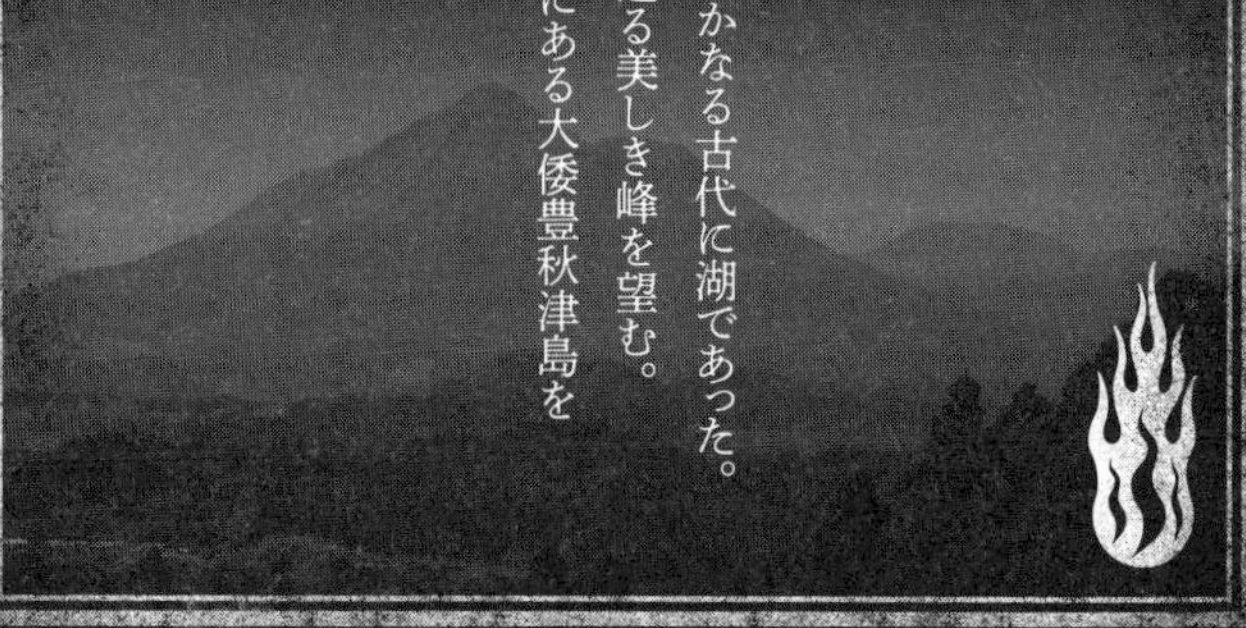

噂の　えびの市

宮崎県西部は熊本県や鹿児島県と隣接している。

宮崎県の文化と他県の文化がこの地で自然に混じり合っている理由はそれだろう。

また「焼酎をお供えし、ひと言だけ願をかける〈一言さぁ〉」と呼ばれる金松法然《かねまつほうぜん》神社がここ県西のえびの市にある。法然とは僧侶の名で、焼酎の神様と呼ばれているのだ。強い法力の持ち主で、亡くなる直前に「焼酎を供えて、ひと言だけ願えば、叶えてやろう」と言い残したという。実際、金松法然神社には願いが叶ったという報告とともに、お礼の焼酎を供える者は多い。神社近くのスーパーには焼酎含むお供えセットが用意されている。ご興味がおありなら、是非足を運んでいただきたい。

そして、ここ宮崎県県西は高千穂町と並ぶ天孫降臨伝承の地でもある。当然、さまざまな伝承や関連する神社などが多数残っており、一見の価値ありといえよう。天邇岐志国邇岐志天津日高日子番能邇邇芸命——天孫・ニニギノミコトから始まる日向三代の神話をなぞることができるはずだ。

そんな県西にあるえびの市にも心霊スポットがある。

廃ホテルである。廃墟マニアや心霊ファンが訪れることが多い場所だ。また、心霊動画が撮れたという話もある。侵入したマニアたちが半ミイラ化した遺体を見つけ、通報した事例もあった。小林市からえびの市へ繋がる道沿いに廃ホテルの姿を確認できるが、入ることは避けたほうが無難だ。廃墟というものはいつ崩落するかわからない危険がある上、基本的に不法侵入のおそれが高いからである。心に留めておいていただきたい。

えびの市に住んでいた海老原さんもこの廃ホテルを知っていた。

彼女自身、心霊スポットや廃墟は苦手であり、近寄ることもしなかった。そもそも新卒で入った会社から命じられ、えびの市に配属されたのだ。自分が住む地にこんなものがあるなど、想像もしていなかったので、とても厭だなと思ったことを覚えている。時々、同僚たちがこの廃ホテルについて話題に出すことがあった。やれ窓から得体の知れないものが覗いていただの、やれ表から這入ろうとしたら奥から生臭い風が吹いてきて電話のベルが聞こえただの、やれ裏側へ回ろうとしたら黒い影が横切っただの、そんな益体《やくたい》もない話だらけだ。当然えびの市のほかの場所のことも出てくる。狗留孫《くるそん》大橋が云々（えびの市狗留孫峡に架かる大橋。狗留孫峡とは過去七仏の狗留孫が生まれた場所とされている）。どこぞのトンネルが云々。聞きたくないし、そんな話題に加わりたくもない。だが社会人である。愛想よく聞き役に徹するのが彼女の処世術だった。

えびの市で勤め始めてから二年目くらいだったか。海老原さんは休日に同僚の友人と食事へ出かけた。えびの市内ではなく、熊本県人吉《ひとよし》市である。宮崎市や鹿児島市へ向かうよりも人吉市のほうが体感的に近いからだ。自分の車に友人を乗せ、人吉でグルメとちょっとした買い物を楽しんだ。帰路に就いたときには、すでに日が暮れていた。帰り道はえびの市と人吉市を繋ぐループ橋を渡る。その名の通り、くるりとループを描くような橋だ。熊本県側から下ってくると、えびの市の街の灯が見える。助手席の友人が、彼氏の愚痴から話題を変えた。

「あそこンホテル、この前彼氏と行ってきたっちゃが」

件《くだん》の廃ホテルの話だ。おかしなことはなかったが、内部にまだ真新しい女性の下着が一揃い置いてあったという。床に広げられたそれは上下セットのもので、赤色のとても派手なものだったらしい。

「そういえばこのループ橋も出るって話あるっちゃが」

あまり耳に入れないようにしつつ、相槌を打って誤魔化した。友人を送り届け、自宅アパートへ戻ったのは夜の九時を過ぎていた。入浴し、着替えを済ませる。あとは寝るだけにして、紅茶を淹れた。そのとき、携帯が鳴った。取ろうとして音の聞こえたほうへ視線を向ける。

しかしそこに携帯はない。着信音が途切れた。携帯のありかを思い出す。立ち上がり、逆方向に置いていたバッグを開いた。そこに携帯が入っている。が、いまし方あったはずの着信は履歴すら残っていなかった。納得いかないが、どうしようもない。そのまま携帯をバッグへ戻し、紅茶を飲む。いつもと違う味がした。どこか癖があるというのか、腐敗臭と洗ってない排水溝の臭いを混ぜたような臭気が微かに混じっている。茶葉が傷んでいたのだろうか。全部シンクに棄ててうがいをした。途端にムッとする悪臭が立ち上る。排水溝からなのか。それとも自分が吐き出した水からなのか。嘔吐感に襲われた。シンクの縁に手をつき、込み上げてくるものをこらえていると、ドアが激しく叩かれた。

「煩いですよ！　煩いッ！」

女性の声だった。たぶん中年だろう。図々しさが漂っている。何度も何度も煩いと叫ばれ、強いノックを繰り返された。逆にそっちのほうが近所迷惑になりそうなほどだ。そもそも煩いと怒鳴られるようなことはしていない。気分の悪さに耐えながら、そっとドアスコープを覗いた。途端に音と声が止んだ。そこには誰もいなかった。ただの通路しかない。チェーンを張ったままドアを開け、隙間から外を確かめたが、やはり人の姿はどこにもなかった。恐る恐るチェーンを外し、外へ出た。声の主は見つけられない。通路にも、階下にある駐車場にも、どこにも怪しい人物の姿はなかった。

気づけば吐き気が収まっている。いったいなんだったのか。混乱しながら部屋へ戻った。臭いはなくなっている。が、自分の携帯がテーブルの上にあった。それもティッシュの箱の上だ。自分で置いた覚えはない。バッグへ戻している。

まさか、室内に誰かいるのか。でも外に出たといっても通路だけである。そしてこの部屋へ入るにはその通路を通らなければいけない。しかし誰ともすれ違っていなかった。念のため、人が隠れられそうなところをすべてチェックしたが、侵入者は見つけられなかった。

携帯も調べた。着信はなかった。何かがあったときのため携帯を握りしめ、灯りをつけたままベッドに入った。だが、朝まで眠ることができなかった。

それからおかしなことは一切なかった。

ただ、一緒に人吉市へ行った友人が職場を辞めた。理由を訊くが教えてくれない。あまり話すことではないからという彼女の顔は、短期間で頬の肉が削げ落ちていた。

その後、海老原さんは会社の都合でえびの市から宮崎市へ配属を変えられた。えびの市を離れたあと、あの会社を辞めていった友人に連絡を取ったことがある。

携帯も、メールも、何もかも通じなくなっていた。

チーズまんじゅう食べ比べ　小林市

小林市といえば、陰陽石《いんようせき》だろうか。

岩瀬川三之宮峡の下流にある岩で、男根を思わせる陽石と女陰を思わせる陰石が揃って並んでいるものだ。実際目にすればその造形に驚いてしまうこと請け合いだ。霧島火山帯の溶岩が作り出した、自然の御技だろう。その形状のせいか、よろず生産の神、子宝の神として敬われている。詩人・野口雨情も歌を残している。

〈浜の瀬川には二つの奇石　人にゃ言ふなよ 語るなよ〉

確かに人に語るには、やや憚《はばか》られる岩かもしれないが、一見の価値ありである。

さて、小林市には陰陽石以外にも有名なものがある。

宮崎県内の銘菓のひとつ、チーズ饅頭である。小林市を中心に宮崎県内、ひいては他県でも作られる人気のお菓子だ。その名の通り、塩味のあるチーズを甘い生地で包み、焼き上げたもので、じつに美味しい。ただし、店舗ごとの特色がある。宮崎県を訪れたら是非食べ比べをして自分のフェイバリット・チーズ饅頭を見つけていただきたい。

このチーズ饅頭を食べ比べしている人から話を伺った。

小林市在住の大塚奈月さんである。彼女は三十歳を迎えたが、一時期、チーズ饅頭が大嫌いだったという。理由を訊くが当人も首を捻る。二十代前半、突然チーズ饅頭の味と臭いが駄目になったらしい。どんな店のどんなタイプのものでも同じで、食べられない。無論、食べ過ぎたから駄目になったということでもない。本当に前兆もないまま苦手になった。

それから数年間、チーズ饅頭には近づかなかった。が、ある彼岸の頃に、ふとチーズ饅頭が食べたくなった。一度頭に浮かぶと、口の中がチーズ饅頭になる。ほろりとした甘い生地に、やや酸味と塩味を感じるネッチリとしたチーズ餡。あの重層的な味を思い出した。涎が溢れてくる。少し前ならこんなことを考えただけで気持ちが悪くなっていたはずだ。彼女は慌ててチーズ饅頭が有名な小林市内の店へ向かった。いくつか購入したが、我慢できずに店の外で食べる。懐かしい風味だ。口に入れるたび、美味しいという喜びもあった。

どうしてこんなよいお菓子を何年も嫌いだったのだろう、と後悔が押し寄せる。

この日を境に、大塚さんはチーズ饅頭マニアになった。数年の間食べなかった反動からさまざまな店のチーズ饅頭を食べまくる。小林市のみならず、市外だろうがどこだろうが、チーズ饅頭と名がついたものがあれば買い求め、賞味する。ただし、チーズ饅頭復活の日のようにその場では食べず、持ち帰ってからだ。流石に店の外での立ち喰いは行儀が悪い。それに真剣に食べ比べるにはそれなりの向き合い方があると思ったからだ。きちんと家で飲み物を用意し、落ち着いて食すのである。これが一番味の判別がやり易かった。

それに、できれば亡くなった祖母の位牌に供えてから食べたかった、ということもある。祖母はチーズ饅頭が大好きだった。それこそこの世のお菓子で一番だと口にしていた。

大塚さんがチーズ饅頭を食べられなくなったとき、まだお祖母《ばあ》ちゃんは生きており、時々「なっちゃん、食べんね？」とチーズ饅頭を差し出すこともあった。だが、どうしても食べられず、断ることが続いた。祖母はとても寂しそうな顔を浮かべていた。あのとき無理してでも食べておけばよかったと思うのだが、口に入れただけで吐き戻してしまうのだから、それも難しい話だった。だから食べ比べ用チーズ饅頭を買うときは、家族の分と同時に祖母にお供えするものも買う。自分と一緒に楽しんで欲しいと願いながらの行動だった。

そんなチーズ饅頭の日々を過ごす中、ふと気づいた。

お祖母ちゃんにお供えしていたチーズ饅頭を下げると、やけに軽くなっていることがある。常にではなく、忘れた頃に起こった。もしかしたら乾燥して水分が抜けただけかと思うのだが、それだけではここまで軽くならない。開けて確認したが、生地がひび割れるなどの乾燥の兆候は一切なかった。口にしても食感の違いはない。が、味が薄い。コクがない。甘味が抜けている。だから首を捻るほかない。ほかのお菓子や果物などもお供えするが、こんなことは起こらなかった。チーズ饅頭のとき限定の現象だった。

そして、この〈饅頭が軽くなった日〉があると、そこまで間を置かず喜びが訪れる多い。もちろん必ず起こるわけではない。それに起こったとしても懸賞に当たった程度のささやかなものが大半だが、ときには父親の昇進や兄の婚約、親族の慶事の報告などもあった気がする。チーズ饅頭を供えるのは、ここ最近だと週一か半月に一度程度。その中から軽くなるときは本当に時々でしかない。それにすべてを記録しているわけではないから、全部が全部そうだという自信はない。でも、それでもと思う気持ちも捨て去れない。

母親がこんな言葉を漏らした。

「お祖母ちゃんのお陰かもねぇ」

大好きなチーズ饅頭を孫娘から供えてもらったことで、家に幸運を運んでくれたり、護《まも》ってくれていたりするのかも、という話だ。

「でも、お祖母ちゃんなら何もしなくても、そんなことしてくれるはずだよ」

あ、それはそうだねと母親も頷く。お祖母ちゃんは見返りなどなくても自分から人助けをしたり、物をあげたりする思いやりの人だった。だからお供えをもらって何かをしてくれるのは、彼女らしくない行動だった。

「でも、やっぱり嬉しいはずよ。お祖母ちゃん。その気持ちを口で伝えられないから、こうして何かよいことを起こしてくれて、示しているんじゃないかなぁ」

この母親の言葉に納得した大塚さんは、近々またチーズ饅頭をお供えして、改めて幸運のお礼をいおうと思った。

「お祖母さんはどんなチーズ饅頭が好きだったのですか？」そう大塚さんに訊ねると、

「だいたいのチーズ饅頭は好きでしたね。大好きな味か、好きな味か、まあまあ好きな味みたいにランクはあったみたいでしたけど。だから、新しいチーズ饅頭をお供えしたときは、心の中で〈今回の、好き？〉って訊きます。まあ答えはないんですが。軽くなったチーズ饅頭は、美味しかった、大好きな味だった、ってことなのかもしれませんけど、それもこちらの想像ですからねぇ」

いまも大塚さんとお祖母さんのチーズ饅頭食べ比べは続く。

そして先日、新しく開拓した店舗のチーズ饅頭が軽くなった。

彼女の名字が変わることが決定する、数日前のことだった。

それはそう　県西

県西を含む地域で、ある事件が起きた。
神社だけを狙った放火事件だった。
範囲を広げながらの犯罪である。犯人捜しは難航するだろうと皆思っていた。
ところがあっさり犯人は捕まった。ある神社に火をつけたあとである。
その神社は愛宕《あたご》神社。
——火伏せの神の神社に放火した翌日のことだった。

お隣　都城市

ふるさと納税全国一位。それが都城市である。

返礼品の魅力と市の努力が実を結んだといえるだろう。また宮崎県は養鶏全国一位だが、中でも都城市と日向市を中心に飼育されている。当然それぞれの地での消費量も多い。

よくよく考えてみれば、宮崎県や鹿児島県では〈牛肉、豚肉、鶏肉〉が有名だ。実際に食べてみると、肉それぞれの味の良さにも驚くだろう。

旅行者がよく食べる鶏は、地鶏炭火焼きとチキン南蛮だろうか。とくにチキン南蛮は各店で工夫されており、衣、南蛮酢、タルタルソースすべてに独自色を打ち出している。宮崎空港内ですらレストランによって味わいが違うので、是非チェックいただきたい。また、宮崎県産食材（鶏卵、牛乳、宮崎獲れの魚なども含む）は味が良いことも書き添えておく。

このように養鶏が盛んな都城市だが、個人で鶏を飼っているところも多かったという。ただ、現在は鳴き声による騒音と悪臭の問題で、その数も減っているらしい。

個人で鶏を飼っていた家について、中島さんからこんな話を聞いた。

彼がまだ中学生のときで、昭和五十年代のことである。

借家だった彼の家の隣に、一軒の農家があった。田んぼをメインとしているが、自宅敷地内で黒牛数頭と、鶏を数羽飼っている。牛は育てたら売り、鶏は産んだ卵を食べる。また肉が硬くならないうちに潰して食卓へ乗っていたようだ。

これら鶏も牛も朝早くから鳴く。目覚まし代わりになるかといえば、そうともいえない。中島家からするとまだ暗いうちから始まる騒がしいだけの鳴き声だった。さらに風向きによっては牛舎や鶏糞の悪臭が流れてくるので閉口するほかない。

中島さんの住む建屋から牛小屋は少し離れていたが、鶏小屋は北側窓のすぐ近く、ブロック塀一枚を隔てた場所にある。塀自体の高さは低く、窓の向こうのすぐ傍に鶏小屋の屋根が見えた。ここまで近いと音の遮蔽も悪臭もへったくれもない。加えて、この窓からは隣家の母屋が丸見えだった。窓とカーテンが開けられていれば、室内を見渡すことができる。あちらもこちらもお互いにプライバシーはないに等しかった。

数度、せめて鶏小屋の場所を変えてくれ、臭いのしない場所にしてくれと父親が頼みにいったが、相手宅の対応はけんもほろろである。以来、隣家の主と父親は犬猿の仲になった。

中島さん自身は隣家の息子と仲が良かった。だから相手に対し、正直に文句をいう。

「オマエんチのニワトイも牛もよ、うるせぇが。臭ぇし」

「そげっこついわれても、べブ《牛の》ん鳴き声もニワトイん鳴き声も、臭いも止めらるッもんじゃねが。そいに、わいゲん父ちゃんがよ、そげんこつ気にしちょらんで、なんもせんじおっとよ《何もせずにいる》。じゃけ、どげんもこげんもしようがねが」

確かのその通りだから、それ以上は言い返せなくなった。

が、ある年の秋に隣家は牛を飼うのをやめた。最後の二頭を売りに出して、牛舎も解体してしまう。空いたそこを増築し、母屋と繋がるいくつかの部屋が完成した。隣の息子はとても喜んだ。新しい部屋のひとつが自分の部屋だったからだ。そして残りは姉と父母のものになった。牛を売った理由はわからない。「俺にもわからん。父ちゃんと母ちゃんが決めたことやが」と隣家の息子はいっていた。

ある寒い夜のことだった。また隣家の鶏が騒ぎ始めた。中島さんは目が覚めてしまう。布団の中で寝ようと努力するのだが、どうにも喧《やかま》しく睡魔が襲ってこない。そのとき、壁時計が鳴った。三つ——午前三時のようだ。こんな時間に鶏が大騒ぎするときは、野良猫や蛇が鶏小屋へ侵入した可能性が高いのだと隣家の息子に聞いたことがある。

布団の外に出たくないが、この鳴き声を止めないと寝られそうにない。意を決して自室の外へ出た。隣家の鶏小屋に近い側の部屋へ入ると、ちょうど両親もやって来る。二人も鶏の声で寝られないようだった。

「どうせ、猫か蛇やが。蛇は卵を飲みに来っかいよ」

そういう父の手には、木刀が握られていた。

「こいで、小屋ン屋根叩けば、ひったまげち《驚いて》、おらんごなるやろ《逃げていくだろ》」

母親が部屋の灯りをつける。父親がカーテンを開き、磨りガラスの窓を開けた。

窓の傍に人がいた。

こちらの建屋に触れんばかりの位置に、男が気をつけの姿勢のまま、真っ正面にこちらを向いて立っている。瞬間、親子三人で叫び声を上げた。咄嗟に父親が男へ向けて木刀を振る。それと同時に相手は消えてしまった。窓を閉め、素早く施錠し、カーテンを閉じる。

全員、居間へ走るように逃げた。身体を寄せ合って怯える。あのいつも厳しい父親ですら、瘧《おこり》が起こったように身体を震わせていた。

中島さんは自分が見たものを反芻《はんすう》する。男は窓の下辺が胸の高さだった。大きな顔はフーテンの寅さんに似ている。えらの張った四角い顔だった。服は記憶にない。

寅さんは顔を左右に動かしていた。まるでこちらの室内を物色するような様子だった。が、室内の電灯に浮かび上がっていた割に、男の肌や着ていた物の色味について印象にない。やや青っぽい感じがあったような気がする。男がガッチリとした身体に太い手足をしていた、と思う。いや、胸から上しか出ていなかったはずなのに〈わかっていた〉。振り返るとありありと思い出せるのだ。父と母にこのことを話すと、二人とも同じだと頷いた。三人、まったく一緒のモノを見て、同じように感じていたのだ。

「木刀にはなんの手応えもネかったが」。父の言葉通りなら、やはり生きている人間ではない。皆でひと塊になって、問題の部屋へ入ってみる。おかしなことは何もない。父親がカーテンを開く。硝子に人影は映っていない。思い返せば、さっきも同じだった。窓を開ける。いつも通りの低いブロック塀と、鶏小屋の屋根が見えた。その向こうには隣家がある。なぜか、新しく増築した部分の窓という窓が明るい。隣も起きているようだった。耳を澄ますが、何も聞こえない。あれだけ騒がしかった鶏の鳴き声がすべて消えていた。窓とカーテンを閉め、居間へ引き返した。流石にもう眠ることはできなかった。

翌日、隣家の息子からこんな話を聞いた。

——夜中、午前三時少し前だった。目が覚めると、父親と母親が枕元に膝を揃えている。何もいわずただこちらをじっと見ているが、薄く微笑《ほほえ》んでいた。よくよく考えると部屋の電灯がついている。父母はいつからここにいるのかわからない。声をかけたら、立ち上がった。今度は姉の部屋へ入っていった。姉が大声で叫ぶ。驚いただの、なんしよっとや、などの罵倒混じりだ。その後、父母は増築した部屋の電灯をすべて灯してから母屋のほうへ向かった。母屋には腰が曲がってはいるものの、まだ元気な父方の祖母が寝ている。

姉と二人であとを追う。両親は祖母の部屋へ入った。中を覗くと常夜灯で照らされている。が、息子とその姉はただ首を捻った。小さな布団の中、祖母を挟んで、両親が寝ている。その身を寄せ合う姿は滑稽を通り越して気持ちが悪かった。姉と父母を起こしたが、寝息を立てたまま起きない。祖母も小さな鼾《いびき》を発しながら、目を開ける様子がなかった。

諦めて増築した部屋へ戻り、すべての灯りを消してから眠った――。

「でよ、朝起きたらよ、父ちゃんも母ちゃんも祖母ちゃんも何も知らんちいうが。そいでよ、ニワトイ小屋を見たら、ニワトイが全部ヒッけ死んじょったがよ」

鶏に外傷はなく、犯人は猫でも蛇でもなさそうだった。中島さんは昨晩のことを教えた。隣家の息子は「ソイツがニワトイを殺したンやろか?」と複雑な顔を浮かべた。

この日を境に鶏騒音は終わった。窓の外に男が立つこともなかった。

正月を過ぎた頃、隣家のお祖母さんが風邪をこじらせて亡くなった。葬式を出したあと、隣家の父母はお祖母さんが使っていた部屋――三人が川の字になって眠っていた――を寝室にしたと息子から聞かされたが、答えに窮したことは否めない。

隣のお祖母さんの一周忌が済む頃、隣家の息子がこんなことを口にする。

「オイは兄ちゃんになるみたいやが」彼の母親が懐妊していた。年の離れた弟か妹になるのだという。だが、その子は産まれたときに死んでしまった。そのせいか、隣家の母親がおかしくなった。日中、季節や気温に関係なく薄着で〈出っさろく《外に出て歩き回る》〉ようになった。スリップ一枚で歌いながら路上を歩くのを中島さんは何度も目撃している。また、時々数日戻ってこないこともあった。時々我に返ったようなそぶりを見せるが、今度はもの凄く派手な、水商売の人のような格好をし、どこかへ出かけていく。あの女は若い男数人と関係していると噂された。この〈薄着で出歩く。戻ってこない。水商売のような格好をする〉を順繰りに何度も繰り返したあと、母親は実家へ戻された。隣家は三人暮らしになったのだが、それもすぐに破綻した。高校生だった姉が家出をしたためだ。隣家の息子はその理由を知っているようだったが、教えてはくれなかった。

　そのうち、隣家が所有する田畑も、家も荒れ放題になっていく。結果、隣家はすべてを手放して他県へ引っ越していった。

　隣家の息子と最後に会ったときだ。彼は辛そうな顔で、こんなことを口にした。

「母ちゃんは妹をまともに産めなかったかい、あげんこつ《あんなことに》なったんやが」

詳細は省く。ただそれが引き金であったとは、隣家の息子の言葉である。

　その後、中島さんは父親の仕事の都合で日南市へ移り住んだ。

　当時の借家は隣家とともに更地にされたあと、アパートか何かを建てようとしたが頓挫。結果、いまはまったく別の建物が建っている。

進むもの　都城市他

都城市山田町の山林で、謎の光球を見た者がいる。

時代がまだ平成の頃だ。友人と二人、夜道を歩いていると小糠雨《こぬかあめ》が降りだした。傘を持っていない。急いで帰ろうとしたときだった。道路から見上げた林の中に朧気《おぼろげ》な光の球が十数個、ずらりと並んでしずしずと進んでいるのを目にした。それはさながら何かの行列のようであった。光の色は中心が白、周辺に行くに従って薄紫に変わる。距離があるから大きさはわからない。感覚的にはドッヂボールかバレーボール程度ではないか、と思った。

呆気にとられていると、光は消えた。服の濡れ具合から察するにとても短い時間だったが、体感的にはもっと長く感じたという。


こちらも平成の話である。

西諸県郡高原町《にしもろかたぐんたかはるちょう》では、道路の上を光球が飛んでいくのを見た人がいる。晴天の夕刻、道に沿うように地面すれすれを蛇行していた。速度は人が歩く程度だっただろうか。大きさは人頭大で、薄黄金色に発光している。光球は途中から大人の頭の高さに高度を上げ、速度を増した。そして最終的には霧島連峰の高千穂峰に向かって飛び去った。

ただそれだけだった。


同じく平成の世、県西の話である。

ある家の前を、火柱が滑るように走っていった。これを見た人が火車《かしゃ》だと称した。

火車とは悪行を積んだ者の亡骸《なきがら》を奪う妖怪とされている。ただ、この話で出てくるのは伝承や資料に出てくるような猫や女性の姿、雷神、あるいは地獄の獄卒が引く火の車のようなものではない。ただの火の柱である。火柱が出た場所の家では、まさに通夜が行われているときであった。そして、弔われていたのは反社会的な世界に身を置いている男だった。


これも同じく県西で平成が終わる少し前の話である。

ある男性が亡くなった。飲食店経営を成功させて羽振りが良かった人物だ。が、自宅の中で倒れ亡くなった。死の間際にとても苦しんだことがわかる死に顔だったらしい。

その男性宅で通夜が執り行われた夜、火柱が現れた。南向きの広い庭を、右から左へ横断するような形だ。成人男性より頭ひとつか二つ大きいもので、ドラム缶より太い。そして黄色や青、紫が入り交じったような色だったという。

これを火車だといった者はいない。亡くなった男性は反社会的な世界から足を洗った人物といわれていたが、その後の彼を知る者は皆口を揃えて〈性根は変わっていない〉と吐き捨てている。

火柱が出た家は遺された家族が住んでいたが、令和のいまは売り家になっている。

次は昔日の都城市の話だ。市内で剣道を熱心に稽古する男性がいた。

小学生から始め、社会人になっても修行を続けている。

社会に出ると忙しさもあり、一、二度の道場通いになってしまった。これではよくないと、朝と晩、住んでいた実家の庭で足捌《さば》きや木刀の素振りを繰り返すことを自分に課した。

ところが仕事の都合で転勤になってしまった。場所は福岡県だったが、住んでいるところの近くに稽古できるような場所がない。少し離れた公園まで木刀を持っていったが、警官から呼び止められたことで断念することになった。仕方なく自室での筋トレと足捌き、小さな動きでの素振りになってしまった。

数年後、都城市の実家へ戻った。ところが、どうも雰囲気に違和感がある。昼間でも薄暗く、電灯を明々とつけても照度が足りない感覚だ。そして黴《かび》臭さや腐敗臭が薄く漂っている。こまめに掃除をし、生ゴミなども溜めていないのにもかかわらず、臭い。この頃、父母が体調不良で病院にかかるようになっていた。仕事をしながら家のことや父母の世話を続けつつ、彼は剣道の修行を欠かさなかった。朝は暗いうちから、夜は深夜に木刀を振る。周辺に家が密集しておらず、庭が割合広いことで近隣への迷惑はなかった。

その朝もまだ暗い中、肌が切れるような真冬の空気の中で木刀を振る。

家の様子も父母の体調も、悪化の一途を辿っているような気がした。不安から、稽古に身が入らない。集中するため、目を閉じ、ゆっくりと木刀を振る。自分の動きを身体の感覚だけで確認するのだ。どれくらい繰り返しただろうか。家のことも、父母のことも、時間のことも忘れたとき、閉じた瞼《まぶた》の裏に光の線が浮かび上がることに気づいた。

瞼を閉じたまま、目を凝らす。すーっと線を引くように、黄金色の光が上から下に走っていく。それが自分の振っている木刀の動きであることを自覚した。ただし、きちんと打たないと光は出てこない。

目を閉じたまま集中に集中を重ねた先、これまでにないほどの光の線が浮かんだ。太く、まぶしさを感じるほどだった。

その瞬間、前方の少し離れたところでおかしな音が聞こえた。

たとえるなら、短い叫び声のようなもの、だろうか。目を開けるが、何もない。あるのは見慣れた庭だ。あとは少し離れたところに道路に面したブロック塀があるくらいだった。

白々と夜が明ける。家の中へ入ると臭いがない。それどころか、差し込んでくる陽光がいつもよりとても美しく感じた。

この日を境に父母の体調も回復していく。そして半年を待たずにすべてが元通りになった。


それからも彼は朝晩の素振りを欠かさなかった。

時折行う目を閉じた稽古の最中、あの光の線が見えることがごく稀にあったと聞く。

年齢を重ねた先、全盛期のような稽古ができなくなったあとも辛うじて剣道の修行は続けていると男性は微笑みながら教えてくれた。

そして、平成が終わったあと、静かにこの世を去った。

最後まで剣士としての矜持《きょうじ》を保ったままであった――。

あの家　その2　県西

「あまり地域を限定できないようにしてもらえますか？」

体験者の戸丸君にそういわれたので、県西という以上の地名は出さない。

六年前、新婚だった戸丸君が住んでいた借家がある。幹線道路から少し奥まった場所に、同じ造りの建屋が全部で五棟並んでいた。家と家は塀などで仕切られていないが、地面に埋め込められたレンガや敷石でどこからどこまでが家の敷地であるとわかるようになっている。その中の一番奥、南側に並んだ右側の一棟が彼らの家だった。二階建ての5ＬＤＫ。駐車場は車二台分ある。ほぼ新築でじつに綺麗な家だった。家賃はそれなりだったが、夫婦二人で働いているのでとくに問題はなかった。


春うららかな頃、彼の妻である綾乃さんがこんなことを口にした。

「せっかく庭があるんだから、お花とか植えようかなぁ」

北側が玄関で、その真裏に当たる南側は狭いながらも庭になっている。一緒に苗を植えた。最初から手広くやらないほうがいいだろうと、庭の一角だけにしておいた。

花を植えた翌週、土曜の朝だ。夫婦二人、二階で眠っていると、外に人の気配を感じる。南側、庭のほうだ。戸丸君はそっとカーテンを薄く開け、外を窺った。

庭に中年の男女が三人いる。男性二人に女性ひとりだ。男性は両方ともスーツ姿で、女性は地味なワンピースに日傘を差していた。三人は戸丸君の家を指さし、何事か話し合っている。そして何かを頷き合っていた。

不法侵入である。そして失礼にも人様の家に指を指していた。頭に血が上った。窓を開けて怒鳴りつけるか、それとも足音を潜めて階下へ下り、庭へ飛び出して捕まえるか。迷った短い時間に、男女は庭を出ていく。逃がすものかと階段を駆け下りたが、連中の姿はもうどこにも見えなかった。

この日から似たようなことが増えた。土曜か日曜の朝、少し遅寝をしたときに限って庭に無断で人が這入ってくる。若い男二人連れ、ぶかぶかのジャージを着た金髪の若そうな女性ひとり、あるいは子どもを連れた若い母親らしき者もいた。二階から何度か怒鳴りつけたことがあるが、相手は何も答えず庭から出ていくのが常だった。近くの交番に事情を話しておいたが、それからも改善はされなかった。

そんな最中、仕事から帰ってきた戸丸君に綾乃さんが訴えてくる。

「もしかすると、私たちが仕事で出ているときに誰か這入ってきているかもしれない」

今日、綾乃さんは仕事が予想より早く終わり、午後六時前に帰宅した。夏が近づいているからまだ周りは明るい。庭の手入れに外へ出ると、ゴミが落ちている。お菓子のビニールがいくつかだ。風で飛ばされてきたのかと拾った。そして花壇へいくと、軟らかい土のところに足跡がいくつか残っている。ソールの形状が違うものが三つあった。見た感じ、大人の革靴らしきものと、スニーカーらしきもの。子どものスニーカーらしきものだった。

「ゴミもだけど、足跡があるってことは、絶対這入ってきているよね？」

綾乃さんはそう言い切る。これまで土曜や日曜の〈遅い朝〉にやって来た連中は確認している。ただ、ほかの日や時間帯には這入り込んできていないと思い込んでいた。考えてみれば〈遅い朝〉は午前九時から十時過ぎで、平日なら二人が出社したあとの時間帯になる。

（まさか、奴らは時間を決めて這入り込んでいるのか？）

疑問が浮かぶが、確証はない。それにこの家に侵入しているのなら、ほかの家にも這入り込んでいるのではないか、被害に遭っているのではないか。しかし訊きに行くのは少々腰が引ける。ほかの四棟も同年代の若い夫婦が住んでいるのだが、さほど仲がよくない。突然訪ねていって「変な奴らが這入ってこないか」と訊くのはハードルが高かった。どちらにせよ、他人の家の被害よりはまず自分たちの安全だろう。防犯カメラを設置した。一台は玄関脇だ。侵入経路はここだろうと当たりをつけたからだった。もう一台は庭である。一階リビングの掃き出し窓、その上に覆い被さっている庇《ひさし》のフレームに取りつける。だが、カメラを導入してから不法侵入者はいなくなってしまった。もったいないのでネットオークションで売る。買ったときと似たような値段で売れた。

不法侵入者騒ぎが収まったあと、綾乃さんの様子がおかしくなってきた。

あれだけ世話をしていた花壇の花をすべて引き抜いた。休みの日はお菓子や常備菜作りをするタイプだったが、それもやらなくなっている。また、服の趣味が変わり始めた。これまでより露出が高く、派手目なものを好むようになった。戸丸君が指摘すると、花は飽きた、料理は面倒になった、服は流行をおさえているだけ、と答える。事を荒立てるのは得策ではないと、そういうことにしておいた。

ところが冬が始まる少し前だった。自分より少しあとに帰宅した綾乃さんが、着替えもせずにリビングへやって来る。話があるとテーブルに座った。戸丸君は対面に腰かける。彼女は開口一番こんなことを口走った。

「この家、看護師さん、いるよね？」

突拍子もない発言に面喰らうしかない。看護師？　いる？　どういうことなのか訊ねると、綾乃さんは近くにおいてあったチラシの裏側にボールペンで画を描き始めた。

大きな頭と、それと同じ幅の胴体。手足は太く短い。服はパンツ型の看護服のようだ。

左右に分けたような髪型だが、ボブではなさそうだ。長方形のような縦に長い輪郭の顔に、やたら大きな目と口が描いてある。目はグルグルに塗りつぶされていた。

「こういう人、いる」

画の通りなら人間の体型ではない。ただ、デフォルメであるのなら、かなり肥満した人物と解釈が成り立つ。肥《ふと》っているの？　と水を向けた。綾乃さんはそうだと答えた。

「私がひとりのとき、二階から下りてきたのが最初」

戸丸君が出張でいなかった日だ。夜八時過ぎ、リビングでテレビを見ていると軋《きし》むような音が聞こえた。二階からだった。勘違いかと耳を澄ませていると、音は階段へ移る。足音だと思った。足音はそのまま階下へ下ってくる。身を固くしていると、リビングへ通じるドアの向こうで音が止まった。ドアの磨りガラス越しに、何かが動いたような気がした。

スマートフォンで警察へ連絡を入れる準備をし、ドアへ近づく。

また音が動き始めた。階段のほうだった。そっとドアを開け、顔だけ出して確かめる。

肥った人間の後ろ姿があった。

相手が振り返る。引っ詰め髪の女だ。背は低いが、目と口が大きい。怖い視線をこちらへ向けている。看護師の薄青い制服だと思った。顔をこちらに向けたまま、太い手足を動かして階段を上った——ところで掻き消すようにその姿が消えた。

自分の見たものが信じられず、かといって平静を保てるはずもない。その日は独身の友人を呼んで一晩中お茶を飲んで過ごした。友人には夫がいないから、遊びにおいでとだけ伝えている。おかしなものが出たから、などといえば来てくれないと思ったからだった。

それ以来、時々この看護師を目にするようになった。洗面台の鏡越し。キッチンの冷蔵庫の影。夫婦の寝室から出た通路の先。トイレから出た瞬間に真っ正面にいたときは流石に叫んだ。どれも戸丸君がいない、あるいは姿が見えないときだけだった。いつからかと問えば、この一ヶ月程度だという。なぜそんなに我慢したのか、自分に伝えなかったのかと詰めた。

「だって、頭が変だって、思われそうやったから。それに」

看護師のことを先々週くらいから訴えたが、まともに答えてくれなかったと非難される。戸丸君にはそんな話を耳にした覚えがない。今日が初耳だ。だが、先ほどの綾乃さんの言い回しからすれば、何度か口にしていたのだろう。

「今日は、玄関の外にいて、こちらを睨みながらドアをすり抜けていった」

綾乃さんが車を止め、玄関を振り返ったときだ。センサーに反応した照明の下に、あの看護師がいた。こちらをじっと睨みつつ、そのまま後ろのドアをすり抜けた。

もう耐えられないと綾乃さんは、荷物をまとめると出ていった。

それから彼女は家に戻ってこなかった。

出ていった日、友人宅へ泊まったあと、自分で部屋を借りてそこで住むようになったのである。こうなってしまうと夫婦仲も拗《こじ》れる。結果、短い夫婦生活を終えた。

ひとりだとこの家の家賃を払うには辛いので、戸丸君もアパートへ引っ越すことになった。それを決めたあたり、確か春が終わるくらいだっただろうか。

戸丸君も初めて看護師を目撃した。夫婦の寝室だった部屋の中で、ひとり眠っているときだ。ベッドが揺れた気がして、目が覚めた。まだ暗い。霞んだ視線の先、庭を見下ろす窓のところにそれはいた。最初はそれが看護師だとわからなかった。ただ丸い背中の人間だなと感じた。夢だと思っていたが、覚醒するに従って、そうではないと気づく。

看護師が振り返った。長い顔だ。一重顎である。首がない。幅のある口が開き、左右の口角が上がっていた。目は、嗤っていた。短く太い手足をゆっくり動かしながら、こちらへ近づいてくる。

完全に照明を消した部屋だ。遮光カーテンなので外からの光も届かない。それなのに、その看護師の細かいところが見える。わかる。

咄嗟に足が出た。感触はない。一瞬の混乱。気がつくと看護師の姿は消え失せていた。

もうこんな家にいられない。が、引っ越すまで間がある。その日からリビングに布団を敷いて眠った。幸いなことに看護師は現れなかった。それでも不安に苛まれる。そこで友人を呼んだ。翌日仕事なのでビールを少し飲んでから、二人はリビングで雑魚寝した。

朝方、肩を激しく叩かれて目が覚めた。息苦しかった。気がつくと、フローリングの床に膝を揃えている。横から友人が硬い顔で覗きこんでいる。電灯がついていた。

「お前、大丈夫やっとか⁉」

わけがわからない。表情を崩さず、友人が口を開いた。

——眠りに落ちてから、どれくらいかわからない。明るさで目が覚めた。傍に戸丸君が立っている。朝かとスマートフォンで時刻を確認しようとしたときだ。戸丸君がフローリングに膝をついた。そのまま何度も何度も額を床にすりつける。そして、低く唸るような声で繰り返し謝り始めた。

〈かあちゃん、ごめん。すまん。もう、あっちから出てこんで〉

どういうことかわからず、何度も肩を叩いたがなかなか正気に戻らない。

仕方なく力を込めて肩を殴ったらようやく目が覚めた——。

かあちゃんごめん？　もう、あっちから出てこんで？　意味がわからない。戸丸君の母親は県内で父親とともに健康に過ごしている。そしてかあちゃんなどと呼ぶことはない。人前だとお母さん、家族だけだとママだ。結局どういうことなのかわからないまま終わった。それ以後も泊まりに来た友人のうち、二人ほど同じような場面に出くわしている。そして起こされた際、異様な行動を聞かされるのも一緒だった。引っ越したあとからはこんなことはなく、看護師を見ることもなかった。

別れた綾乃さんはほかの男性と再婚した。友人を介したＳＮＳで見る限り、派手な女性になっていた。まるで前と別人のようだった。戸丸君はいまも独身で、彼女はいない。

目撃した看護師についてもう少し教えてもらった。大きな頭で、顔も大きい。それに見合った目と口のサイズだった。手足は太いが短い。が足下まで見えなかったはずなのに、なぜか足首から先だけが小さかったことを記憶している。全体の太さは自分の三倍以上ある気がしたが、背丈は窓と比較して自分より頭ひとつ以上低いと思った。笑い顔はどこか嘲笑混じりだったような気がする。

あの家と看護師の関連性はわからない。不法侵入者に関しても謎が残った。

この五棟の借家は、いまも残っている。

戸丸君は友人と確認しに行った。全棟埋まっている。自分たちが住んでいた棟の左、ほかの棟から出てきた若い夫婦がいた。以前入居していた夫婦ではなくなっていた。

コラム　神石　霹靂一閃

宮崎県高崎町《たかざきちょう》東霧島《つまきりしま》に〈東霧島神社〉という神社がある。東はツマと読む。だからツマキリシマ神社である。この東霧島神社周辺には数多くの神話が残されている。たとえば、鬼がひと晩で築いた石の階段や、焼失した社殿の跡に白い鳩がやって来て、そこを掘るとご神体である剣（伝承によれば、十束剣・十拳剣のサイズである）を見つけられたなど、興味深いものがたくさんある。

この東霧島神社内に〈神石〉と呼ばれる岩が存在する。ほぼ垂直の切断面を見せる、大きな岩だ。これにも神話が残されているのだ。

クニや神々を産んできた伊耶那美命だったが、最後に産んだ火の神・火之夜藝速男神《ほのやぎはやをのかみ》に女陰を焼かれ亡くなってしまう。これに怒った伊耶那美命の夫・伊邪那岐命は手にした十拳剣「天之尾羽張《あめのおはばり》」で火之夜藝速男神を三つに斬って殺してしまう。それが岩に姿を変えたのがこの神石であるという。現存するのは二つで、ひとつは大島へ飛び、いまも残るといわれている（伊耶那美命を失った悲しみの涙が凝ったのが神石で、それを神剣で伊邪那岐命が斬った、という説もある）。東霧島神社のご神体である剣こそ、天之尾羽張であるという。

神が神剣で斬ったと伝わる〈神石〉。美しい切断面を見ることができる。

この神石が綺麗に切断されていることに加え、鬼伝承が残っていることで吾峠呼世晴先生の人気コミック「鬼滅の刃」と関連づけるテレビ番組などが多かったようだ。主人公・竈門炭治郎が水の呼吸修行の仕上げ、錆兎の導きで巨大な岩を唐竹割りにしたシーンを彷彿させる、というわけだ。

じつはこの神石、雨乞い神事にも関連している。だが、明治初年に当時の地頭・三島通庸が人足を雇い、この神石を他所へ運ぼうとした。その途端、俄《にわか》に天は掻き曇り、激しい落雷が人足に落ち、命を奪った。まさに霹靂《へきれき》の一閃であろう。

宮崎県西部を訪れる際は、是非ご覧いただきたい。ただ、落雷なきよう、気をつけて。

県南

日向三代《ひむかさんだい》の系譜《けいふ》

蒼い空。碧い海。白き波頭と緑の山々。
遠く東を望めば、広がる海神の潮と
日の神の姿が浮かび上がる。
ひむかの地で花開く、三代にわたる
神々の物語の舞台がここにある。

潮騒《しおさい》轟《とどろ》く海神《わだつみ》の宮《みや》へ

遊泳禁止区域　日南市

宮崎県南部にある日南市。

日向伊東氏が治めていた飫肥《おび》藩の城下町であり、九州の小京都と呼び声高い。実際に歩いてみると昔日の空気が色濃く残っている。また、少し東側へ移動すれば黒潮流れる太平洋を望める。風光明媚な土地といえよう。豊かな漁場が近いこともあり、漁業も盛ん。漁師町、港町でもある。時季が来れば鰹や伊勢海老など新鮮な魚介類も楽しめる。県外からやって来た人の中には、いつかここへ住みたいと口にする者も多い。

南国宮崎の魅力の一端がここにあることは間違いない。

この日南市に海水浴場がいくつかある。たとえば富土《ふと》海水浴場と大堂津《おおどうつ》海水浴場である。富土も大堂津も地名からのネーミングだ。そのうち、大堂津は「大きな堂があった港（津）」から名づけられている。現在はその大きな堂がどこにあったかわからなくなっているようだ。

どちらも海水浴にお勧めできる場所である――のだが、当然ながら遊泳禁止区域も多々ある。そういった禁止区域で泳いだり、釣りをしたりする人の姿もよく見られる。当然いろいろな意味で危険も多いことはいうまでもない。

この遊泳禁止区域で釣りをしていた金丸氏がいう。

海という誰のものでもない釣り場をを占有する者が時たまいる。そういう輩と問題が起きることもある。できるだけそういうトラブルを避けるのも大事なことだ、と。

この金丸氏が、単独で某遊泳禁止区域へ出かけた。無論釣りをするためである。

まだ薄暗い早朝、簡単に見つからないよう、近くにある唯一の空き地に車を止めた。低木の隙間を縫うように下ると、砂浜が出てくる。ここは周囲を崖に囲まれた場所で穴場の釣り場だった。だから誰にも教えていない。静かだった。足跡もない。ほかに知っている者がいるのかもしれないが、少なくとも今日は自分が一番乗りだった。

岩場から投げるか、砂浜から投げるか考えながら道具の用意を済ませる。

浜から第一投を行ったとき、背後に気配を感じた。振り返るとほかの釣り人が立っていた。すでに竿が出されている。キャップの下はまだ若そうな顔だった。日に焼け、精悍な感じを受ける。好青年といったところか。着ているものも年相応に洒落ている。彼は軽く頭を下げ、少し離れた場所で投げ始めた。釣り場をひとり占めするような人間に見えなかったが、（ああ、ここを知っている奴がほかにもいたのか）とガッカリしたことはいうまでもない。

竿立てに竿を立てる。するとすぐ竿が曲がり、釣り鈴が鳴った。強烈な引きだ。

慌ててリールを巻く。もの凄い手応えだった。ガツンガツンと衝撃が伝わってくる。だが、途中から感触が変わった。針にかかった魚の動きとは別物なのだ。ああ、これは海藻か何かとリールハンドルを回す。波の下に浮かんできたのは、黒々とした藻と海藻の固まりのようなものだった。ビーチボール大くらいある。予想通りだ。しかし最初の引きは明らかに何かが引いていた感じだったのだが、と考えていると、あの青年が駆け寄ってきた。

そして、こちらのライン（釣り糸）を鋏《はさみ》で切る。突然手応えが失せた。

まず驚きが来た。次に怒りが湧いた。どんな権限があって他人のラインを切るのだ。怒鳴りつけてやろうと思ったが、彼が深々と頭を下げた。

「釣り上げたら良くないものだから」

それだけいうと、自分の竿のほうへ戻っていく。毒気を抜かれ、二の句が継げない。

落ち着いてから青年のもとへ行って、わけを訊ねた。彼ははぐらかすだけで終わらせようとしている。面倒くさくなって、自分の場所へ戻った。

それからはまったくアタリがない。別の釣り場へ移動しようと竿を仕舞った。立ち去るとき、青年に「ここ、釣れないから、君もほかへ行ったらどげんや？」と声をかけたが彼は首を振った。頑固だなぁ、気が長いなと思いながら車へ戻った。

しかし自分の車一台だけで、青年のものは止まっていない。自転車やバイクかと思ったが、それも見当たらなかった。駐車スペースはここくらいなのに、どうしたのだろう。少しだけ気になって下へ戻った。青年がいる。釣りを続けていた。

ああ、近所の人なら歩いてこられるかと自分を納得させて再び車へ戻り始める。そのとき、ふと自分の忘れ物がないか念のために振り返った。

青年の姿が消えていた。

わずかな間のことだった。思わず駆け下りてみたが、どこにも姿がない。隠れようにも各種釣り道具を持っての行動だと難しい。

確かめてみたが、砂浜には自分の足跡のほか、別の足跡も残されていた。

ただし、それはひとつではない。大きさが違うものが複数あった。まるで青年と自分以外に誰かがいたような痕跡だった。

以来、金丸氏は遊泳禁止区域や釣り人がいない場所での釣りをやめた。

青年と出会った釣り場は、串間市から日南市への間にあるという――。

旧隧道　日南市〜三股町

日南市と北諸県郡三股町を繋ぐ、矢立隧道というトンネルがあった。

トンネル工事中の発破作業で多数の死傷者が出たせいで、心霊スポット化したといわれる場所だ。トンネル内でこの世の者ではない姿を見たり、火の玉を見たりなど、異様な現象は枚挙に暇がない。ほかには近くのカーブミラーに女性の姿が映る。トンネル内で車を止めてライトを消し、クラクションを短く三回鳴らすとハイヒールの音がする。知らぬうちに女性が乗っている。トンネルを通過するとリアウインドウにびっしり手形がついているなど、トンネル怪異譚でよく聞くものも多数あった。

この矢立隧道は、現在通ることができない。内部の崩落の危険を鑑《かんが》みて、出入り口がコンクリートで塞がれているからだ。これをして〈内部の拙いモノを封印しているのだ〉と宣《のたま》う人もいる。真実はどうなのか、わからない。

代わりに新矢立トンネルが一九九八年二月十三日に開通した。トンネルも、そこに繋がる道路も走りやすくなっている。西側、三股町側のトンネル入り口には四阿《あずまや》のある駐車場が作られていた。そこからトンネル内へ入り、東側の日南側へ出ると下りの道になる。遠くに広がる景色はまさに風光明媚であり、ドライブコースとして最適だろう。

が、こちらの新トンネルに関してもいろいろな噂があった。

たとえば、真夜中に三股町側から日南市側へ抜ける際、歩いている女性を見つけることがあるという。姿格好は人によってまちまちだが、共通しているのは「こんな時間、こんな場所にそぐわない格好である」ことだ。だいたいがトンネル入り口、あるいは出口側に背中をこちらに向けて日南市へ向けて進んでいる。運転手から見て左側の路肩を少し項垂《うなだ》れたような様子でトボトボと足を動かしているらしい。何かあったのだろうか、助けるべきか。考えながら通り過ぎたあと、いったん停車し、外を振り返るとその姿はない。暗いせいかと思うのだが、トンネル出入り口付近は道路照明が設置してある上、自分の車のテールランプなどで割合明るい。それでも女性の姿を見つけることはできないのだ。

そして、中にはこんな話があった。

夜中、ある男性が日南市へ向けて車を運転していた。新矢立トンネルを抜ける。下りカーブが始まる手前あたりで、歩く人を見つけた。速度を落とし、そのすぐ後ろ側へ停車する。相手の足が止まった。ライトに照らされたその後ろ姿は、細かいディテールまで確認できた。短髪。アッシュ気味な髪色だ。夏が近い時期だからか上は白いTシャツで、下はくすんだ薄青いストレートパンツだった。足下に関しては印象にない。また、バッグなど荷物は持っていないように見えた。さほど高くない背と、ガッシリした身体。後ろ姿だけで判断すると男性だろう。こんな時間にどうしたのか。困っているのか。運転席側のウインドウを開け、身を乗り出し、声をかけようとしたときに気づいた。

（この人、どうしてちっとも振り返らんとや？）

歩みを止めた男性らしき人物は、これまで一度もこちらへ顔を向けていない。真後ろに車が止まれば、普通一度くらいはこちらを確認するのではないか。しかしその人物はそこに留まったまま、日南市側へ身体を向け続けている。が、よく見れば全体がゆっくりと左右に揺れていた。揺れ幅は大きくない。どこかそよ風に揺らぐ薄布のような印象の動きだった。

何かのトラブルに遭遇し、我を失っているのかもしれない。警察への連絡を見込み、スマートフォンを手にして運転席側のドアへ手をかけた。そのときだった。

「ね、ヤバいって」

助手席から声をかけられた。若い女性の声だった。思わず振り向いた。

助手席には誰もいなかった。当たり前だ。ひとりで運転してきたのだから。理解が追いつかず、もう一度外に視線を向けた。男性の後ろ姿はなくなっている。

運転手の彼は一度車から下りた。車の全座席とトランク、エンジンルームまで確認し、本当に誰も乗っていないことを確認してから、猛スピードで日南側へ抜けた。

その後は、おかしなものは何も見なかったし、得体の知れない声も聞かなかった。

落ち着いてから思い出すと、男性の服装はやや薄汚れており、少しくたびれていた。アッシュだと思った頭も、白髪気味だったのではないかといまは思っている。

「旧矢立から新のほうへ、（そういう類いのモノが）移動して来たんじゃないやろか？　あっちが封鎖されて、行き場がなくなったから、新へ移ったとか」

新矢立トンネルの怪異について、こんな言葉を口にする人も少なくない。

そんな意見の合間に、数名から〈新矢立トンネル前後で突然のエンジントラブルやパンク、果ては車の異常を示すインジケーターが異様な表示をした〉などの話を伺っている。インジケーターに関していえば、トンネルから離れると嘘のように収まったという。そしてだいたいが矢立トンネルの旧・新の怪異について興味を持っている方々で、肝試し的に向かったときに起こったことだった。

そういえば筆者が日南市取材のあと、車で正体不明の男性が現れた現場を見に行こうとした際だ。突然パンクに見舞われた。日南側の入り口近くである。刃物で裂いたような形でタイヤ側面がバーストしていた。タイヤ自体はまだ真新しいものだった。

廃墟群　串間市

日南市からさらに南下すると、串間市に至る。

途中、都井岬《といみさき》という場所があるが、ここには御崎馬《みさきうま》という馬がいる。日本在来馬であり、天然記念物に指定されているのだが、もともとは高鍋藩の秋月家が放牧をさせたのが始まりだ。現在は都井岬を訪れれば誰にでも見ることができる。四から五月には春駒、子馬が産まれるのだが、とても可愛い。

この都井岬には〈都井の火祭り〉という祭りも伝わっている。昔、都井村に大蛇が現れ、人々を苦しめた。そこへひとりの旅の僧侶が現れ、村人とともに大蛇を退治する。その方法は大蛇の口に松明《たいまつ》を投げ込み、火攻めすることである。結果、大蛇は焼け死んでしまった。旅の僧侶はそのまま立ち去り、その名はわからないとも、あるいは衛徳坊とも、東栄坊とも伝えられている。この大蛇退治を再現したのが、都井の火祭りである。大蛇を模した三十メートルもある巨大な柱を立て、その先端に設えられた口に祭りの参加者・勢子《せこ》が手に持った松明を回転させ、遠心力で高く投げ上げる。かけ声は「えんとことって、えいとくぼう！」だ。口に松明が入り、炎を上げるまで松明投げは続く。勇壮な祭りである。暗い夜空、宙を舞うように飛び交う松明と、重なる勢子たちのかけ声が醸《かも》し出す世界はじつに美しく、一見の価値があるだろう。

この都井岬周辺から県境である鹿児島県志布志《しぶし》市志布志町あたりまで、なぜか廃墟が多く残っている。これら廃墟には廃墟マニアがよく訪れているようだ。また心霊スポットとしてスポットマニアがやって来ている。数々の噂がまことしやかに語られているが、実際調べてみるとそのような事実はない。ただ、廃墟目当てだろうが、スポット目当てだろうがそれは不法侵入であり、また建物崩壊の危険もある。行くのは決してお薦めはしない。

ここからはその串間市周辺の廃墟を訪ねた人の話をしよう。

世界的疫病が流行る前だった。鹿児島県在住の野辺君たちが、串間市へやって来た。廃墟と心霊スポット巡りが目的だった。ネットなどで有名な廃ホテルなどを周るのだが、その各所にある物を置いていく。それは、同好の士・内山の写真と——遺品である。

少し前、内山は病で亡くなった。写真は彼がまだ元気だった頃、本州の有名廃墟をバックに記念撮影として撮ったものだった。遺品は彼のコレクションのひとつで、キャラクターの消しゴムである。葬儀のあとに内山の部屋から持ちだした物だが、百体ほどあった。調べてみるとレア物はひとつもない。売ろうとしても二束三文の価値もない代物だ。始末に困った野辺君たちはあることを思いついた。

「志半ばで逝った内山の遺志を、形として廃墟に残してやろう」

このアイデアを思いついてから、初めて訪ねたのが串間市の廃墟であった。

彼らは内山の写真と消しゴムが汚れないよう、百均で買ったチャックつきビニール袋へまとめて入れた。このパウチは全部で五セットだ。それを廃墟のできるだけ奥へひとつだけ置いていく。廃墟一ヶ所に対し、ワンセットと決めていた。

置かれた遺品セットに対し、皆で手を合わせる。これが廃墟仲間に対する彼らなりの葬送であった。手を合わせ終えたら、近くの廃材などで隠す。心ないほかの廃墟マニアに見つかり、悪用されないように、という心遣いだった。

串間市のめぼしい廃墟に内山の遺品セットを置き終えたのは夕方である。

消しゴムはまだ残っている。同じセットを作り、九州内にあるほかの廃墟や、本州の有名どころへ置いてやろうと、参加者全員で決意を新たにした。

その後、串間市のコンビニで休憩し、このあとのことを話し合った。結論は〈これから鹿《か》屋《の》市へ向かい、そこで夕食でも摂る〉である。串間市から鹿児島県側へ繋がる道路を真っ直ぐ進むと、鹿児島県鹿屋市へ入る。時間的にちょうど良いだろうという算段だった。

移動を始め、志布志市のダグリ岬あたりへ差しかかったときだった。

野辺君たちが乗っていたＲＶ車の底面から鈍い音が響き渡った。跳ねた動物が車体下へぶつかったような音と、コンクリートの塊が割れたような音が混じり合ったようなものだった。途端にＲＶはコントロールを失う。大きく左右に揺れた。運転手が叫んでいる。そのまま対向車線にはみ出した。夕刻であったが、たまたま対向車はいなかった。ＲＶはそのまま道路右側にあった広い路肩に止まった。

エンジンがかからなくなっている。運転手いわく、音のあとからブレーキは利かず、ハンドルは異様なほど重くなってどうしようもなかったらしい。故障した車はレッカー移動になり、彼らは鹿児島の友人たちに迎えに来てもらった。

のちにわかったことだが、ＲＶは車の重要な部分が破断しており、修理不可能な状態だった。普通こんな壊れ方はしません、と工場の人は口にしていたと聞く。結果廃車になった。購入から半年も経たない車だったので、持ち主は大きなショックを受けていた。

串間市の廃墟訪問から一週間ほどが過ぎた。

野辺君と串間市の廃墟へ行った人物から電話がかかってきた。

『おい、野辺。あんとき置いてきた消しゴム、高いのが混ざっとったぞ』

ネットで調べ直したら、高額で売れる物を写真と一緒に置いてきている。前に見たときは勘違いしていたと電話の主が興奮していた。残っている消しゴムはカスばかりだが、置いてきた中に万の単位がつくものが二つあったらしい。

『だから、回収に行っど』

　あの日のメンバーは再び串間市の廃墟を訪れた。今回は野辺君の車である。だが、その高額消しゴムをどこの廃墟に置いたか、誰ひとり覚えていなかった。ひとつずつ回っていくしかないと最初の廃墟へ踏み込む。件の場所は自分たちが来たときのままだった。目隠しに置いたコンクリート片を取り除いていく。遺品セットが出てきた。

　手に取った瞬間、全員が無言になった。袋の中の写真が変わっていた。

　廃墟の前に写った内山ではない。若い男がラーメン店の壁の前で照れくさそうに微笑んでいるものだ。ラーメン店は鹿児島市内の有名店だった。若い男は大きめの白いシャツと細めのボトムでマッシュカットである。顔つきも整っている。全身が入っているが、手足が長い。長身の雰囲気があった。野辺君たちの中に、その人物を知る者は誰もいない。前回、誰かが悪戯《いたずら》で入れ換えたということもない。当日、写真に手を合わせたあとパウチを隠す一部始終を見ていたがそんな行動を取れる隙はなかったはずだ。もしかしたらこの一週間のうちに参加者の誰かが入れ換えに来たのかとも思ったが、それをする意味はない。一番疑わしいのはレア物だったと電話をかけていた人物だ。悪戯目的で入れ換え、ここへ誰かを来させて発見させるためにこんな行動に出たのではないか。指摘しても彼はそれを否定した。

険悪な雰囲気の中、誰かが袋を裏返した。そして小さく声を上げた。

「なんやこれ」

入れ替わった写真に裏書きがあった。内山のフルネームと、知らない人物の名前だった。

この知らない名は写真の男のものか、それとも違うのか。誰にもわからない。

中身を取り出した。入れた覚えのあるキャラ消しゴムと、あの若い男の写真しか入っていない。だとすれば、内山の写真は誰かが持ち去ったことになる。

廃墟を出たあと、消しゴムのみ残して男の写真ごとパウチはコンビニのゴミ箱へ棄てた。

次の廃墟でもまったく同じだったので、流石に気持ちが悪くなる。そこで消しゴム回収は諦めて、そのまま鹿児島県へ帰った。その後、内山のキャラ消しゴムはリサイクルショップへ売った。合計で数千円だった。

そのうち世界的疫病が始まり、廃墟巡りもなかなか難しくなった。それだけではなく、疫病で生じた不況のせいか野辺君は職場を解雇された。ミスが原因だったが、体の良い首切りだったと思っている。彼が職を失ったのと同時期に、内山の遺品を置いて回った仲間たちもトラブルや景気の悪さで次々に馘《くび》になっていた。

結果、彼ら全員収入が極端に減り、スポットだの廃墟だのといっていられなくなった。

現在の彼らは鹿児島県内で働いている。なぜか誰ひとり廃墟探訪を再開した者はいない。理由は、飽きた、面倒になった、そもそも付き合いで行っていただけ、などである。

「内山が生きていたら、アイツだけはいまも廃墟や心霊スポットへ行っとったでしょう」

野辺君たちが口を揃える。彼らの言葉を借りれば「死んだ内山が一番ヤベェ奴」。廃墟でもスポットでも恐れず這入り込み、中で大暴れをして破壊行為に勤しむ。そればかりか放尿なども行っていた。いまになって思えば、廃墟やスポットが好きなのではなく、怖いもの知らずの自分をアピールしたかった部分もあるのではないか、と彼らは分析している。また、廃屋などに置き去りにされた昭和レトロ的なアイテムも見境なく内山は盗んだ。そう。彼のコレクションの一部は盗品だった。

内山が亡くなったときの入院は急なものだった。その後はあっという間に痩せ衰えていく。もともとの体格が良かっただけに、衝撃的な変わりようだった。途中から面会も難しくなり、いつしか誰も見舞いに行かなくなった。

だから、誰も死ぬ直前の内山がどうなっていたか知らない。

廃墟で入れ換えられた写真の人物のことも、いまだよくわからないままである。

県南のどこかで

県南

これは県南とだけ記す。令和になってからだった。

ある家の主が、県南の海と山、そしてどこかにある物を埋めた。

曾祖父が昭和に手に入れた小さな金属製のものである。名前や形は諸事情により明かせない。錆びないように防錆袋へ入れ、さらに上から凧糸で雁字搦《がんじがら》めにしている。そして再び防錆袋へ入れ、食品用ラップフィルムでグルグル巻きに密閉。さらに油紙で包み、〈ある物〉で封印し、プラスチックケースに梱包している。上からガムテープを何重にも貼ってから、山と某所に埋めた。土は成人男性の腰くらいの高さまで掘っている。一度掘り返した土は軟らかくなり、そこに何かが埋められているとバレてしまうが、その対策も取っているのでたぶんわからないとのことだった。海の場合は重りに固定して沖に投げ込んでいる。

なぜ、そんなことをしたのか。

〈曾祖父の遺言が残っちょって、あることが成就したから返す〉

成就とはなんだろうか。

〈それはわからない。曾爺さん本人だけが知る〉

返すということは、それは借り物だったのか。

〈昭和ンとき、曾爺さんがある人らから借りた。力があるものだから、大事に扱っていた。成就したら返すって約束したっち〉

なぜ、借りた当人かその縁者へ返さず、埋めるのか。

〈それもわからない。遺言には『自分（曾祖父のこと）が死んで七年経ったら〇〇家へ返さず、山と海、〇〇へ埋めて返すように』とあった。やり方も詳細な説明が残されていた。だからそれを守った〉

そこまでしないといけないのか？

〈曾爺さんの遺言に『約束を違えると、とんでもないことになるから、きちんとするように』と何度も念押しのように書いてあった。だからやらんと駄目やっちゃろね〉

興味深い話であったが、埋めた当人がこの調子だったのでこれ以上は何もわからない。

——が、令和六年の八月である。話をしてくれた人が、連絡をしてきた。

『埋めた奴、アレ、間違えたところがあったのと、ひとつ埋め忘れとった』

いわく、合計四つを指定されていた場所に埋める、あるいは沈めなくてはならなかった。

だが、三つしかそれを行っていなかった。だからひとつ残っていた。それは海辺に埋めるものだった。なぜか完全に忘れており、目の前にあっても意識から除外されていたらしい。また、

○○へ埋めた物は、指定の場所を間違っていた。スマートフォンのマップとGPS、コンパスなどを使っていたらしいが、それでもミスをしていた。
『こういうときどうすればよかっけ？　アンタはこういうの、詳しっちゃろ？』

残念ながらそのような知識はない。間違えたときの対処法や埋め直しに関する方法は伝わっていませんかと訊ねたが、相手はわからない、そんなものはない、とだけ答えた。

『いまからでも遅くないかもしれんから、追加で埋めて、間違いを修正する。なんか気になるから、間違えたのを先にどうにかする。海辺のはあとにすっが』

彼はそういって電話を切った。


その後、連絡が途絶えてしまった。

こちらから電話をかけても、メールを送っても返答がない。

いまはあちらからの報告を待つばかりである。

コラム　玉璧　櫛間王族の謎

江戸時代後期、宮崎県串間市で驚くような発見があった。

百姓・佐吉が串間の穂佐ケ原《ほさがはる》で畑を耕した際、石棺を掘り当てた。内部から見事な〈玉《ぎょく》璧《へき》〉が見つかる。玉璧とは璧の一種で古代中国の祭祀、もしくは威信を示す品として用いられた玉器である。薄い円盤状になった翡翠《ひすい》（軟玉）製の物体で、大きければ大きいほど価値が高い。この玉璧の璧は双璧や完璧などの語源に関係している。

串間で見つかった玉璧は紀元前二世紀頃、漢代に中国で制作された物で、直径三十三・三センチ。重さ一・六キロの大きさを誇る。現存する玉璧の中でも大きい部類に入るものだ。また、欠けや割れもなく、ほぼ完璧な状態で、これだけのものはなかなか見つからない。

ということは、この地に古代中国からこれだけの物を送られる人物がいたのだろうか。確かに宮崎県南部は古代の文化流入点である。だとすれば、なんらかの王族・豪族がいてもおかしくはない。一方で〈この玉璧を所有していた日本国外の国が滅び、その際に流出。北九州を経て南九州へ入り、古墳時代の有力者へ渡ったもの〉という説もある。

石棺墓内には玉璧のほか、鉄器なども見つかったようだが、それらは伝わっていない。石棺についてだが、弥生期のものという話もある。弥生時代末期、古墳時代の始まり辺りのことだろうか。だが、玉壁が発掘された遺構が見つかっていないことが問題である。佐吉が石棺を発見したのは、王之山であるという。王の山であるなら、大きな墳墓、古墳があった地域なのかもしれない。佐吉の時代にはすでになくなっており、畑となっていたのだろう。それを佐吉がたまたま掘り当てた。よくよく考えれば、福岡県志賀島《しかのしま》の金印のエピソードに似ていることも興味深い。

ただ、王之山がどこであるかいまも確定されていないのが問題だ。ある程度調べてみれば、ここではないかというエリアはある。だが、それもまた想像の域を出ない。

玉壁が出た串間市は、以前は〈櫛間〉であった。

櫛は木の名前で、神の愛木。間は垣に囲まれた大切な土地、愛される土地を示す。

そして串間市からほど近い日南市にある鵜戸《うと》神宮は、神武天皇の父・天津日高日子波限建《あまつひたかひこなぎさたけ》鵜葺草葺不合命《うかやふきあえずのみこと》がお生まれになった土地である。

王之山の被葬者とは、いったい誰なのか。これを読まれた方もご一考いただけたら幸いである。

ひむかの地《ち》に伝《つた》わる伝承《でんしょう》

光溢れるひむかの地。
天地すべてに満ちる神々の息吹とともに、

エクストラトラック

不可思議も息づいている。
古事とともに、いまも生きている物語を探しに行こう。

東《とう》西《ざい》南《なん》北《ぼく》神《しん》威《い》広《ひろ》がる神都《しんと》へ

河童が通った道――宮崎河童ロードを行く

河童と呼ばれる存在がある。

水の精霊、神霊、零落した神、あるいは妖怪といわれている。

河童は水際で人や馬を水中に引きずり込み、尻子玉と呼ばれるものを引きずり出して喰らう。あるいは、単なる悪戯者として登場しては神仏や人に懲《こ》らしめられ、反省ののちに河童の傷薬を与えてくれるという伝承も残されている。中には河童が人間の女性を孕ませるエピソードもあった。

この河童だが、もともとは中国大陸の揚子江《ようすこう》よりやって来た存在と伝えられている。

河童初上陸の碑が熊本県八代市《やつしろ》にあるのだが、この河童たちは「仁徳天皇期、河童達は大陸の長江《ちょうこう》（揚子江）から黄海に出て、泳いで八代市に上陸した」とされている。

その数、九千体。ただし、熊本県に上陸してから増加した個体数ともされている。

この九千体の河童達を率いていたので、この一団の頭領である河童を〈九千坊《くせんぼう》〉と呼ぶ。

数多い河童たちは近隣に住む人間たちといざこざを起こしており、さまざまな逸話を残した。

ついには熊本藩初代藩主・加藤清正《かとうきよまさ》公の怒りを買う。清正公は九州中の猿に「球磨川《くまがわ》の河童達を攻めよ」と命令を下した。河童・九千坊率いる軍団と猿の軍団、両軍は死闘を繰り広げ、結果河童軍は負けた。敗北側の河童たちは久留米《くるめ》の有馬《ありま》公の許しを得て、筑後川《ちくごがわ》に移り住んだ。以降、水天宮の使いとなったのである（熊本河童の伝承については、拙著『熊本怪談』を参照していただけると幸いである）。

中国の揚子江から河童が渡ってきたと前述したが、もともと揚子江には水虎《すいこ》という水怪が住んでいた。その名の通り、頭や膝に虎の要素を持つようだ。また小柄な身体全体をセンザンコウのような鱗で覆っているという説もある。習性を含め、ほかはかなり日本の河童に近い。また、中国の黄河には〈河伯《かはく》〉と呼ばれる道教の神が存在する。姿は人の姿に近い。西遊記の沙悟浄《さごじょう》も河伯とされており、日本のような河童＝沙悟浄のイメージではない。

日本にも道教とともに河伯が伝えられている。

ここで同じ九州の〈長崎県平戸市田平町郷土誌〉の内容を参考に別説も記載しよう。

約二千年前、大陸の河童はもともとシルクロードのあるパミール山地、タクラマカン砂漠を流れるヤルカンド河の源流が故郷であった（玄奘三蔵の辿ったルートが入っているのが興味深い。三蔵法師といえば西遊記だが、仏弟子のうちのひとりが沙悟浄である）。

その後、急激な気候変動にあい、極寒と食料不足にあえぐようになる。これでは河童一族の命運が尽きると、移住計画を練り、組をいくつかに分けることになった。

頭目・漠斉坊率いる一団は西方よりパミール高原を越えるルートを選ぶ。ペルシャからトルコを通過、地中海を経てハンガリーに入り、ダニューブ川（ドナウ川）を安住の地とした。ダニューブ川水系には数々の水霊・精霊の伝承が残るが、漠斉坊と無関係とはいいがたいのではないか。

また同じ地点から東へ向けて移動したのが、八代市へ上陸した〈九千坊〉の一団であるらしい。ヤルカンド川、楼蘭、敦煌、玉門関などを越え、青海に至る。さらに黄河を下り、西安の遙か東へ入った（このルートも玄奘三蔵と共通する。が、西を目指す三蔵法師と、東を目指す河童の違いがある）。しかしここも安住の地とはならなかった。

このあと、応神天皇期（三七六年）に東を目指し始める。目的地は蓬莱島・日本であった。黄河から黄海へ出たが、怪物・梅若（どのような怪物か不明。海であることから水上・水中の怪物と思われる）に襲われ一団は散り散りになる。のちに九千坊たちはようやく熊本県八代市へ辿り着いた。

この九千坊から別れた八天坊のグループが長崎へ入っている。長崎市の水神社、その神主・渋江氏の家来に八天坊率いる八体の河童であったと伝えられているのである。

別のグループである浄海坊一族も長崎市平戸市田平町野田免へ辿り着いていた。この浄海坊であるが、大唐時代（六二五年）に菩薩に呼ばれ、使いに来た孫悟空の觔斗雲に乗って故郷へ戻った。そして流砂河の主として働いた功績で〈砂悟浄〉の名を菩薩より賜ったという。が、砂悟浄は沙悟浄の誤記だろうか。また流砂河は本来砂漠である。西遊記では河として扱われているが、もしかしたら砂漠であることを前提にして〈砂悟浄〉と名づけられたとも考えられる。

どちらにせよ、水虎・河伯・沙悟浄・深沙神（大将）の繋がりを思わせて興味深い。

長崎県の河童ロードに関してはここまでにしておこう。長崎県版でまとめるチャンスがあれば、そちらの機会にて発表したい。さて、改めて熊本県の話から論じ直そう。

これら水虎、河伯が伝承として日本・熊本県八代市に伝わってきたとした場合、少なくとも水虎は仁徳天皇期よりあとになるはずだ。だとすれば、水虎＝八代市へ渡ってきた河童の一種とは言い難くなる。対する河伯だが、プレ道教が日本に伝わった時期が二〜三世紀ならば、道教の神として先んじて大陸から渡ってきていたと考えるのに矛盾点はなさそうだ。河伯から始まった水神信仰に、後発で入ってきた水虎のイメージが融合していく途上で、日本の河童像が成立した可能性もある。ただし、これらは道教の神や水怪が日本に入ってきた時期の仮説に過ぎない。

と、ここまでいろいろ記してきたが、本稿では河童を生物として論じたい。

それにはやはりあの〈長江から熊本県へのルート〉を考えるべきである。たとえば長江を出発し、東シナ海へ出る河童の一団の存在がひとつ。ほかに黄河流域方向へ大陸内部を移動した集団か。こちらは黄河を伝い渤海へ至り、そこから黄海、そして東シナ海へ出るはずだ。

その後、この二つの集団は五島列島、長崎県、熊本県天草市を経由しながら八代市へ至ったと考えるのが妥当だ。このルート上に各種河童伝承が残っていることも見逃せない。

では、九州に上陸したあと、河童たちはどうなったのか。

熊本県を始点として考えた場合、北回りで福岡県や大分県を経由して宮崎県北部へ到達した河童一族と、南回りの鹿児島県経由で宮崎県南部へ辿り着いた河童一族もいたはずだ。それを裏づけるかのように、九州中に河童伝承が数多く残されている。前著『熊本怪談』では熊本県の河童伝承や目撃譚を記したが、今回は宮崎県の河童を追いかけてみよう。そう。ここは南回りルートと北回りルートの融合点である。本来なら熊本県から鹿児島県ルートを先に発表すべきだが、今回は先んじて宮崎県の河童ロードを記す。ご容赦いただけたら幸いである。

河童ロード・北ルート

日本に上陸した河童たちは、どうやって宮崎県までやって来たか。

熊本県から福岡県方面へ北上し、その後東側へ移動。途中、大分県へ進む方向と再び熊本県阿蘇地方へ別れた可能性が高い。阿蘇地方の次が、宮崎県高千穂町になる。

この高千穂町を流れる五ヶ瀬川《ごかせがわ》水系の支流五つそれぞれに河童の頭目がいるという。「綱の瀬の弥十郎」「川の詰の勘太郎」「戸無の八郎右衛門」「神橋の久太郎」「廻淵の雑賀小路安長」の五体だ。

この河童の頭目の伝承と類似の話が残されている。神武天皇の長兄〈五瀬命《いつせのみこと》〉が五ヶ瀬川水系にある要害の地に部下を遣わした、というものだ。五ヶ瀬川はこの五瀬命が関係したから五ヶ瀬川と名づけられた、あるいは流域に五つの瀬があるから五ヶ瀬川となった説がある。五瀬命は神武天皇の東遷に同行しているのだが、その際、浪速国《なにわのくに》で長髄彦《ながすねひこ》の放った矢に当たり、紀国《きのくに》（現在の和歌山県と三重県南西部）男之水門で亡くなったとされている。その東遷の前、高千穂宮に神武天皇と滞在していた際の話がこの伝承だ。ここで五瀬命の部下の名を見ていこう。

南・七折「網之瀬弥十郎」。東・見立「川の詰神太郎」。北・田原に「連波三郎」中央・三田井の「御橋久太郎」。西・三ケ所廻り渕「雑賀小路安長」。

この五人の部下は水神として祀られるようになった。中でも〈神太郎〉は現在も水神・武道の神として崇敬を集めている。一説によれば、五瀬命の派遣した部下そのものが水神であり、河童であったともいわれている。名前に微妙な違いがあるが、河童の頭目と五瀬命の部下の水神たちの伝承とが密接な関わりがあることがうかがえる。

このように高千穂町は河童と縁が深い土地である。呼び方もいくつかあり、ガタロ、カワタロ、ヒョウスンボ、ヒョウスボなど多岐にわたる。高千穂町ではとくにヒョウスンボ、ヒョウスボを称するのをよく耳にした。ヒョウスボは空を飛ぶという説もある。これらの名にちなんだ、こんな話を聞いた。

高千穂町に住んでいた七十代の方いわく。

〈ヒョウスボなんてのは、よくおったけん〉

夜中、ヒョウヒョウと声がするが、これは河童の声である。ヒョウヒョウと声を上げるから、ヒョウスボ、ヒョウスンボというのだという。ヒョウと申す坊、というところからだろうか。またグワア、グワアと違う声もあるらしい。

河童の声の正体はトラツグミやアオサギであるという説がある。トラツグミはヒョー、ヒョーで、アオサギはグワッ、グワッと鳴き声を発する。しかし河童の鳴き声を聞いた方は首を振る。自分たちはトラツグミやアオサギの声はよく知っている。だが河童、ヒョウスンボの声はそのどれとも違っているのだ、と。

また別の八十代の方は不可思議なものを目撃している。

十代の頃、真っ昼間、高千穂町内の川縁だった。川の傍にあった大きな岩の上に、何かがいる。あれはなんだと目を凝らすと、甲羅がある。亀ではなく鼈《すっぽん》のように見えた。だが、その大きさは座布団ほどあるように感じられる。なんとまあ大きな鼈だと感心していると、それがいきなり二本の足で立ち上がった。背中側、甲羅をこちらに向けていたが、一対の長い腕らしきものが確認できる。岩を踏みしめる両足は短かった。全体の色味はまさに鼈のような暗い緑をしている。驚いて声を上げると、その大きな鼈は素早く川面へ飛び込み、そのまま見えなくなった。慌てふためき自宅へ戻り、そこへいた父親へいまし方見たばかりのもののことを捲し立てる。だが、父親は平然とした態度でこう返した。

「そらヒョウスボや」

父親が子どもの頃はよく見ていたと笑う。

「昔はたくさんいたけんが、いまは減ったたな」

それ以来、ヒョウスボを見たことはない。代わりに、家の周りをヒョウヒョウと声を上げながら回る何かがよく訪れるようになった。窓から外を見ると、声は止む。この声を聞いた父親と母親は「ヒョウスボが来とるわ」と懐かしそうだった。

別の八十代の方は、魚捕りが得意だった人のことを教えてくれた。

その人がまだ小さい頃、川で魚を捕るのがとても上手だった小父さんが近所にいた。とくに鰻を素手で捕まえては、皆に振る舞っていたという。

ある夏、その小父さんが少し離れた川へ行くというのでついて行った。上半身裸になった小父さんがざんぶと川へ飛び込む。さほど深さはなく、水面の高さは胸より下くらいだった。昨日の雨のせいか、水は黄色く濁っている。

「いまから鰻ば捕るけ、見とけ」

小父さんが右腕を水中に突っ込んだ。その瞬間、甲高《かんだか》い悲鳴を上げる。いったい何事かと声をかけるが、小父さんの身体は徐々に沈んでいった。溺れたのか。咄嗟に近くを通りがかった大人に助けを求めた。男性二人が川に飛び込み、小父さんを助け上げる。お陰で死ぬことはなかった。落ち着いてから、小父さんはこんな話をした。

「鰻ん巣穴に手ぇ入れた瞬間、片足を引っ張られた。そんあと、身体のいろいろなところば掴まれてよ、川に引きずり込まれそうになった。そこで助けられたけん」

この話を聞いた人は皆、ヒョウスボたちに引っ張られたのだと噂し合った。

以来、小父さんは川で魚を捕らなくなった。が、それから十年もしないうちに、亡くなってしまった。川で溺れ死んだのだ。焼酎を飲み過ぎて落ちてしまったということだったが、彼を知る人は皆首を傾げた。その日、小父さんが焼酎を飲んだのは親戚の家で、そこから自宅までの道のりに現場になった川はない。かなり遠回りしないと通らない場所だった。

高千穂町の河童目撃譚はほかにもあるが、そろそろ先に進もう。

高千穂町から南下していくと、延岡市に入る。延岡市といえば、以前「河童と人魚の移住計画」という移住促進動画を公開していたことがある。イメージ、知名度アップの一助として企画されたものだ。九州宮崎といえば河童であることと、太平洋に面した地域性が融合したのだろう。

この延岡市にも河童にまつわる伝承が残っている。日向国延岡藩主の有馬氏家臣・八左衛《はちざえ》門《もん》が島原《しまばら》の乱（寛永十四年・一六三七年）に出向いていたとき、有馬の蓮池で一体の河童を斬りつけた。その後延岡藩へ戻った八左衛門のもとへ島原の河童がやって来て、斬られた河童の敵討ちに来たという。八左衛門と戦うのだがその河童の姿はほかの者には見えなかった。

噂を聞きつけた有馬の殿様がやって来ると、河童は身を隠してしまった。その夜、河童は八左衛門の枕元に立ち、こういった。「殿様が邪魔をするから勝負を決めることはできぬ。有馬の池へ戻るわい」。そして河童は八左衛門の前から姿を消したのだった。

このエピソードからわかるのは、長崎県から宮崎県延岡市へ仇討ちを目的として移動してきた河童がいたことである。もちろん精霊のような存在であれば千里の距離も一瞬であろうが、生き物だとするとどのような道筋で移動したのだろう。これもまた河童ロードの繋がりを示唆する伝承ではないだろうか。文中に登場する延岡藩主有馬氏は、肥前国日野江藩初代藩主の有馬晴信《はるのぶ》公の息子・有馬直純《なおずみ》公である。肥前国日野江藩を継いだあと、転封を願い出たため、延岡藩主となったことを書き添えておく。

さて、大分県から延岡市へ移り住んだある女性の話を紹介しよう。

沙緒里さんは大学卒業後、大分県で就職した。が、のちに転職し延岡市へやって来た。延岡市へ来る前に住んでいたアパートでは、いささか異様なことが起こっていたという。たとえば、トイレの前に水たまりができている。もちろん上下階からの水漏れではない。また、ベッド脇に置いたテーブルの上に、覚えのない水滴が点々と散っている。エアコンの水漏れやコップの水滴とは違う。そしてお風呂に張っておいた水が知らないうちに減っている。バスタブの栓に問題はない。また、水が減っていたときはバスタブ横の洗い場に覚えのない水たまりができている。それればかりか、部屋の中が常に湿っているような感じがしていた。

その後、延岡市へ来たが、新しいアパートの部屋でも似たようなことが起こる。新しい職場でできた友人を部屋に招いたが、その女性も「ここ、じめじめしているね」と首を捻っていた。日当たりの良い部屋なのに、空気が常に湿り気を帯びている感覚だった。

延岡市に来て一年ほどが過ぎた頃、沙緒里さんは友人たちとバーベキューを行った。そこに来ていた友人の友人という女性が、そっと近くに寄ってくる。そしてこっそり耳打ちをしてきた。

「あの、右肩、冷たくない?」

よくわからない。どういうことが訊き返すと、彼女はいいにくそうな様子だ。周囲から少し離れ、改めて理由を訊ねた。

「いいにくいけれど、あなたの肩にくっついてきているものがいる」

いわく、水の精霊的なもの、であるらしい。よくよく思い返してみれば、大分県のアパートに住んでいた頃から右肩がよく凝っていた。何かが乗っているかのように重いことも多い。触れると硬く、血行が悪いのだろうとマッサージにも通ったが改善されないままここまで来ていた。驚いていると、相手はこんなことを教えてくれる。

「もともと住んでいたのは大分? そこからその水の精霊がくっついてきているのは、延岡で連れて行って欲しいところがあるからみたい」

それは延岡市にある御手洗水神社《みたらいすい》で、御神水のところまで行けば勝手に降りるから、といわれた。翌日、半信半疑でこの御手洗水神社へお参りし、御神水の前に立った途端、急に肩が軽くなった。右肩の不調もなくなる。アパートへ戻ると、乾燥した空気に変わっていた。

以降、部屋での異変は起きなくなった。水の精霊のことを教えてくれた人物が友人内で〈見える人〉と呼ばれていることを知ったのは、その後のことである。

御手洗水神社だが、延岡藩主・有馬直純公の奥方、日向御前が手を洗い清めた場所だった。

そう。前述の河童伝承に出てきた人物の妻である。

この〈水の精霊が連れていって欲しいと行っていた話〉は別の人もほかの地域で似たような体験をしていた。もしかするとこういうことは多いのかもしれない。

延岡市の次は日向市であるが、ここにも河童伝承が数多く残されている。

腕を取られ、改心し、薬を渡す河童の話。馬に悪戯を仕掛け、結果捕まってしまうが、乾いた頭の皿に水をかけられ力を取り戻し逃げ出した河童の話。ほか諸々の河童話が伝えられている。たとえばこんな話だ。

田野区蕨《わらび》野《の》の椎谷川では、悪戯を繰り返すヒョウスンボがいた。

子どもを溺れさせて命を奪うなど、悪質なことも多く行っていた。そこで村人たちはヒョウスンボにある契約をさせる。

〈この岩が腐れてなくなるまで、この川で子どもの命取るべからず〉

ヒョウスンボたちは契約を履行しつつも、何度も岩に触れて腐っていないか確かめた。しかし岩が腐ることはない。そのうちヒョウスンボに撫でられた岩は滑らかになっていく。岩は〈ヒョウスンボ岩〉と名づけられたが、河川改修の際埋められてしまった。

この岩の契約は、熊本県八代市の河童渡来の碑となった〈ガワッパ石〉によく似ている。

岩がすり減りなくなるまで悪さをしないという契約である。

日向市細島《ほそしま》では、海に住んでいたヒョウスボが「寝床にしているところに刀があって、よう寝られんので、これを取り除いてくれないか」とある人に頼んだ。願い通り刀を除くと、河童は礼をとして鯛を二尾毎朝届けるようになった。数年続いたが、途中から助けた者の関係者や家の者に害をなさぬようにと、礼の内容を切り替えさせたという。この家では取り除いた刀をヒョウスボの宝刀として大事に保管している。

次に県央エリア、都農町《つのちょう》の伝承である。

都農町を流れる名貫川《なぬきがわ》には河童がいた。やはりヒョウスンボと呼ばれている。このヒョウスンボはごたぶんに漏れず人や馬に迷惑をかける存在だった。そこで名貫川河口近くにある報恩山・徳泉寺の第十二世、洞益和尚が法華経千部を読誦《どくじゅ》し、河童を封じた。この際、経文を石に書いて名貫川に放り込んでいる。石に書いた内容は〈河童退散　南無阿弥陀仏〉であった説があるが、その個数は千個であった。その経文石の力もあり、河童たちは手足が動かなくなった。困り果てた彼らは和尚の前に膝をつき、頭《こうべ》を垂れた。「炒った豆から芽が出ることがあっても、皆様に迷惑はかけません」と。和尚は河童を赦した。経文石は川から拾い集め

都農町にある河童塚。河童を通じる経文石が埋納されている。

られ、徳泉寺山門近くの土の下へ埋められた。石が埋められた上に河童塚が築かれたが、のちに別の場所へ埋め戻され現在も残っている。

和尚に懲らしめられたあと、河童たちは川の氾濫《はんらん》で溺れかけた子どもを助けるようになった。

また、筑前国（福岡県）の遠賀川《おんががわ》で悪さする河童がいると相談を受けると、さっそく遠征し、相撲で勝負をつけて遠賀川の河童を大人しくさせたという。この遠賀川の上流は高鍋藩（現在の都農町を含む）藩主・秋月公が治めていた土地でもあり、都農町と縁深い地域である。

同じく県央の西都市《さいと》では民家の中に河童の足跡がたくさん残されるという事件が起きた。一九九一年（平成三年）のことである。部屋の中には腐った溝《どぶ》のような臭いが充満していたらしい。足跡は玄関から浴室、居間を通り、玄関から出ていくように続いていた。箪笥《たんす》の中の衣類やラジカセにも橙色の粘液が残されていたともいう。玄関などすべて施錠されており、侵入経路は不明だ。全部で三十個以上の足跡は、溶剤などでも落ちることはなかった。

前述の都農町の名貫川は太平洋に注いでいる。太平洋を南下すると、一ツ瀬川《ひとつせがわ》河口が出てくるが、ここから遡上すると西都市へ繋がるのである。だとすれば、北ルートから来た河童たちが都農町を経て西都市に住み着いている可能性が考えられないだろうか？

さて、この一ツ瀬川河口でよく釣りをしていた男性がいる。

釣り人がこぞってやって来る場所だが、その日はたまたま自分ひとりしかいなかった。竿を振るっていると、急に膝から力が抜けた。理由はわからない。彼はそのまま後ろに倒れ込んでしまった。ほぼ無意識に竿だけは手放していない。が、身体が動かなかった。仰向《あおむ》けのまま空を見上げるしかない。どれくらいすぎた頃だろうか。急に身体に力が戻った。起き上がると、竿から伸びたラインが力なく風に揺れている。仕掛けがなくなっていた。

時計を見ると、倒れていた時間はごくわずかだった。ふと傍を見ると、持ってきたコンビニ弁当が袋から出されている。乱暴に蓋が外され、ほとんどを喰い尽くされていた。弁当の周りは水で濡れているが、腐敗したような臭いに潮の香りを足したような悪臭が立ち上っている。
とても嫌な気持ちになったので、竿を仕舞って自宅へ戻った。
それから三日ほど病みついてしまったという。

南ルート

今度は熊本県から南下するルートを考えてみよう。八代市からなら〈そのまま素直に南へ進み、鹿児島県経由で宮崎県都城市へ入るルート〉か〈八代市から人吉市へ至り、そこから宮崎県えびの市、小林市を経て都城市へ入るルート〉だろうか。

ここで地域ごとの河童の呼び名の変化を見てみよう。

熊本県では「ガラッパ」「ガワッパ」であるが、宮崎県北部から中央部だと「ヒョウスボ」「ヒョウスンボ」へ変化している。もちろんガラッパ、ガワッパ的な呼び名もあるのだが、伝承や民話では「ヒョウスンボ」系統が多い。

宮崎県南部・西部だと「ガラッパ」「ガグレ」だ。もちろんほかにも「ガワジロ」「ガマジロドン」「ガラッポ」など多岐にわたる。ヒョウスンボ系統ではない。熊本県から鹿児島県ルートでは「ガラッパ」が多いので、宮崎県南部、西部含め、このエリアは「ガワッパ系統圏」

であるといえる。

大まかにまとめると、北ルートの河童が〈ヒョウスベ系統〉で、南ルートの河童が〈ガラッパ系統〉になる。もう少し細かく説明すると、熊本県八代市から北西に位置する長崎県では河童の呼称に「ヒョウスベ」、長崎県から東へ進んだ佐賀県には「兵主部（ヒョウスベ）」の名が見える。ここから考えられるのは、長崎県の八天坊が「ヒョウスベ系統」の大本で、彼らが宮崎県北部へ至ったことにより、宮崎県北部がヒョウスベ系統になったこと。そして八代市の九千坊が「ガラッパ系統」で南下し、鹿児島県と宮崎県南部へ到達したことだろう。

ちなみに宮崎県北部地方に隣接する阿蘇地域は「ガッパ」などの九千坊のガワッパ系統である。だとすれば、ヒョウスベ系統の八天坊たちは阿蘇を迂回し、別のルートを使い宮崎県北部へ入った可能性が残る。また、九州の北東部に位置する大分県では河童を「カワコ・カワウ・カウソ・セコ・セコゴ」などと呼ぶ。大分県は阿蘇地域と隣り合っているので、ガワッパ系統であってもいいところだが、なぜかセコという耳慣れない呼び方の系統が混ざっている。「セコ」は愛媛県での河童の呼び名のひとつである。地図上で見れば、大分県のセコ系統の河童が四国の佐賀関から四国愛媛県の間は距離的に近い。もしかしたら、大分県の臼杵市や大分市国側からやって来たのだろうか。そして九千坊のガワッパ系統と愛媛のセコ系統の河童が大分県で融合した、とは考えられないだろうか？

つまり、宮崎県の河童たちは熊本県だけでなく、長崎県や四国からも来ていた可能性があるというわけだ。

どちらにせよ、河童ロードは一筋縄ではいかないことになってきた。

――しかし、九州には、ほかに河童が通った道はないのだろうか。河童伝承をベースに探してみると、熊本県から鹿児島県ルートの途中から、鹿児島県薩摩川内《さつませんだい》市の川内川を伝って東方向の宮崎県えびの市、小林市へ繋がるパターンを見つけた。鹿児島県から、えびの市・小林市。このエリアで少し気になることを見つけた。それは鹿児島県から宮崎県の諸県地方に多い田の神様〈田のかんさぁ〉だ。〈石仏の一種で、その名の通り田んぼの神様である。

いろいろな形を持っており、多数の伝承、不可思議な習わしなどが伝えられている。しかし、この田のかんさあ、春になると田に降りてきて田の神に、秋の収穫が終わると山の神になるという。河童、ひょうすんぼなどが秋から冬にかけ〈山童〉と化し、春になると川へ降りてきて再び河童となることに似ていないだろうか。考えてみれば、河童は零落した神という説もある。もしこの神の原型、あるいはなんらかの眷属《けんぞく》が田の神・田のかんさぁだとしたらどうだろう？　熊本県から鹿児島県へ南下するルートから分岐し、川内川を伝いえびの市へ至った河童たちが田の神へ変化したという想像も働く。また古事記に出てくる田の神、久延毘古《くえびこ》〈別名・山田之曾富騰《やまだのそほど》（山田のそほど。山田のかかし）〉も田のかんさぁと似た性質を持つ。

だとすれば、山田之曾富騰から田のかんさぁ、そして河童へ変貌していったという順になるのだが……。まだ調査は必要だ。

さて、再び南ルートへ戻ろう。

南ルートで目を惹くのは、日南市北郷町《きたごうちょう》の〈潮嶽《うしおだけ》神社〉である。日本で唯一、海幸彦（火照命。隼人の祖。神武天皇の祖父である山幸彦・火遠理命の兄である）を主祭神として祀る神社だ。人が入ってはならない禁足地があり、ここに生えた草木を持って帰ることなど禁じられている。また、宮崎県下には数々の神楽が伝承されているが、潮嶽神社に伝わる神楽もじつに興味深い。舞の中に、黒い狩衣《かりぎぬ》の天照大御神が登場する。また天手力男神《あめのたぢからおのかみ》の舞はほかの地域とずいぶん趣が違う。そして神楽の御神屋の天蓋中央に釣り下げられるものには、不可思議な紋様が描かれていた。古伝の神楽がきちんと伝承されている証左だろう。

ここ潮嶽神社には昭和の時代に河童が宮司氏宅の風呂に石を詰める悪戯をした、という話が残っていた。神社近くには黒荷田川《くろにたがわ》という川が流れているが、海側へ辿ると広渡川《ひろとがわ》に繋がる。この広渡川は日南市梅ヶ浜あたりから太平洋へ注ぐ。もしかすると、鹿児島県へ入り南東部へやって来た河童たちは黒潮に乗って宮崎県南部へ上陸したのだろうか。

（上）潮嶽神社で舞われる神楽
（下）神楽の天蓋に吊り下げられるものに謎の古代紋様が描かれている（撮影・藤田りんご）

また神社がある位置からいえば、鹿児島県に隣接している西側の都城市か南側の串間市を伝うように川と陸路を利用して河童たちがやって来たルートも想像できる。北郷町・潮嶽神社もまた重要な河童ロードの一部だろう。

ところで宮崎県南部の都城市が〈島津氏発祥の地〉であることはご存じだろうか。鎌倉幕府・御家人の惟宗忠久《これむねのただひさ》公が源 頼朝《みなもとのよりとも》公より島津荘の地頭職に任じられた。この島津荘は日向国中南部、大隅国、薩摩国（現代の宮崎県と鹿児島県）の三国にわたる、当時日本最大の荘園である。その中心は日向国諸県郡の島津の地であった。現在の宮崎県都城市郡元《こおりもと》付近のことである。

その後、忠久公は源頼朝から正式に同地の惣地頭に任じられ、島津を称したのが島津家の始まりなのである。よって、都城市は島津発祥の地となった。その後、宗家は薩摩（鹿児島県）を拠点としている。ちなみに島津忠久公は源頼朝公の落胤《らくいん》であるという。

島津家は、現代まで続く名家中の名家である。鎌倉から明治、時代の変革期に名君を輩出したことでも有名だろう。これがのちに「島津に暗君なし」の言葉に繋がる。

さて、この島津家に河童の手足の現物が保管されている。

都城市にある〈島津邸〉である。そう島津発祥の地に河童、なのである。

宗家が鹿児島県へ移ったあと、分家である北郷《ほんごう》家は都城の地に城を築いた。最盛期には広大な領地を保有し、江戸時代には本家より〈島津〉を名乗るようにと命じられる。以降、都城島津としてさまざまな功績を残していった。

この都城島津家が一八七九年（明治十二年）以降に移り住んだ邸宅が現代も残っている。それが都城島津邸である。ここには国指定有形文化財の数々とともに、都城島津家より寄贈を受けた都城島津家史料の保存と展示をする〈都城島津伝承館〉がある。ここではタイミングが良ければ島津家の御留武術・示現《じげん》流より分派した薬丸自顕流《やくまるじげん》（野太刀《のだち》自顕流）の稽古を見ることもできる。生麦事件で馬上のイギリス人を斬りつけた人物・奈良原喜左衛門《ならはらきざえもん》（弟の繁という説もある）が使ったのはこの薬丸自顕流の〈抜き〉である。抜刀そのものが斬撃となる「抜即斬」であり、神速の攻撃といわれる。

このように都城島津邸では、島津家のさまざまな側面を見て、体験できる場所といえよう。この都城島津邸・副館長〈米澤英昭氏《よねざわひであき》〉から、都城島津家に残された河童の手足について貴重なお話をお伺いした。

島津邸に伝わる河童の手足にはこのような出自がある。

〈文政年中（一八一八年から一八三一年）である。鹿児島の侍に上村休助という者がいた。廻方横目《まわりかたよこめ》という役職（廻方は警備と監察の定町廻り、臨時廻り、隠密廻り、三つの職務、あるいはそれを担当した同心のこと。横目は敵情偵察、戦功の査察、武将の施政監察などを行う）を命じられ、都城領梶山村に在勤していた。梶山は現在の都城市三股町で、飫肥藩と接した場所である。梶山城などが残っている三股町長田あたりのことだ。この休助は梶山川（三股町長田峡を流れる沖水川《おきみずがわ》上流のことだろう）へ鉄砲を手に鳥猟へ出かけた。その際、川の対岸に河童がいるのを見かけた。彼は鉄砲を構え、この河童を撃ち殺し、その遺体を持って帰ってしまう。が、熱を出し言葉を発せなくなってしまった。その後、梶山村へ用事があった都城の侍・大河原世則《おおがわらせそく》がやって来た。そこで初めて休助の起こしたことを知った。世則は休助と親しかったため、すぐに都城へ戻り、修験者・花牟礼保法院に祈祷（呪い）をしてくれと頼んだ。結果、休助は快癒し、一命を取り留める。その礼として世則へ河童の手足二対を渡した。世則は手足ひと組を自分の家で保管し、もうひと組は都城島津家へ献上したという。都城島津家へ渡されたこの河童の手足が、いまも島津邸に保管されている。世則の家に伝わっている

都城島津邸 副館長 米澤 英昭氏より貴重なお話を伺う。
（撮影・藤田りんご）

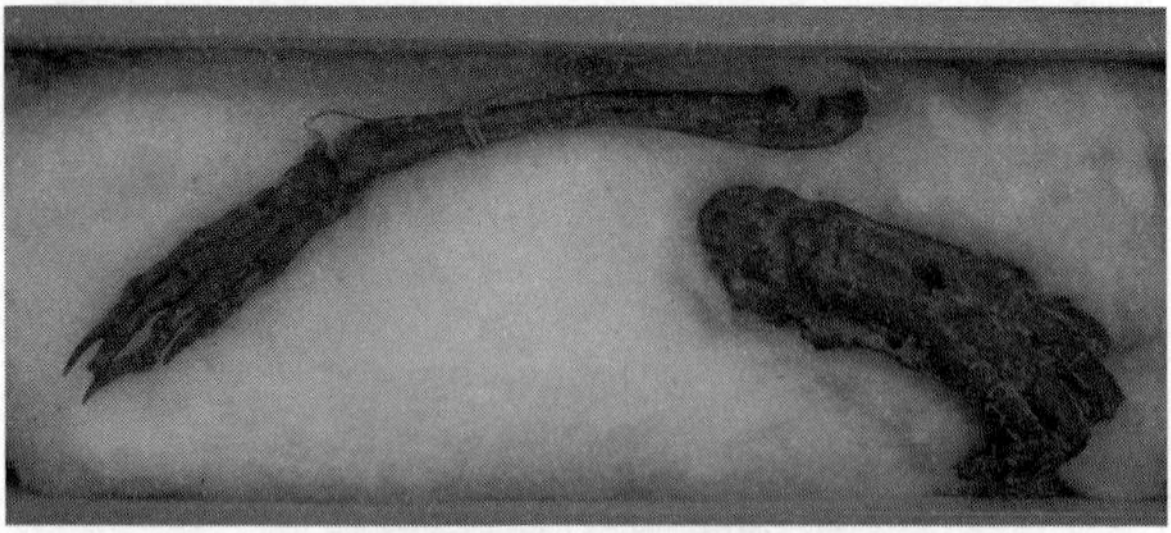

都城島津家に献上された河童の手足（画像提供・都城島津邸）

はずの残りの手足と、休助が残した頭部と胴体部に関しては行方を追うことができなかった。

都城島津家の手足を見てみると、手首から先及び、膝下、あるいは爪先と肘から先の部分だろうか。米澤氏いわく、上野動物園から調査依頼が来たが断ったためさまざまな点が不明であるという。熊本県天草市に存在する河童の手と比べると、やや雰囲気が違う。が、それぞれにやや肉づけをすれば似ているようにも思った。

そして米澤氏より都城市の市史などに残る数々の怪異などの資料もいただいた。充実の内容であるが、これらに関しては次の機会を待ちたい。

えびの市に住んでいた二十代の女性がいる。夕暮れ時、彼女が高校から帰っていた。

同性の友人と二人並んで橋に差しかかる。何気なく市内を流れる川へ視線を向けた。

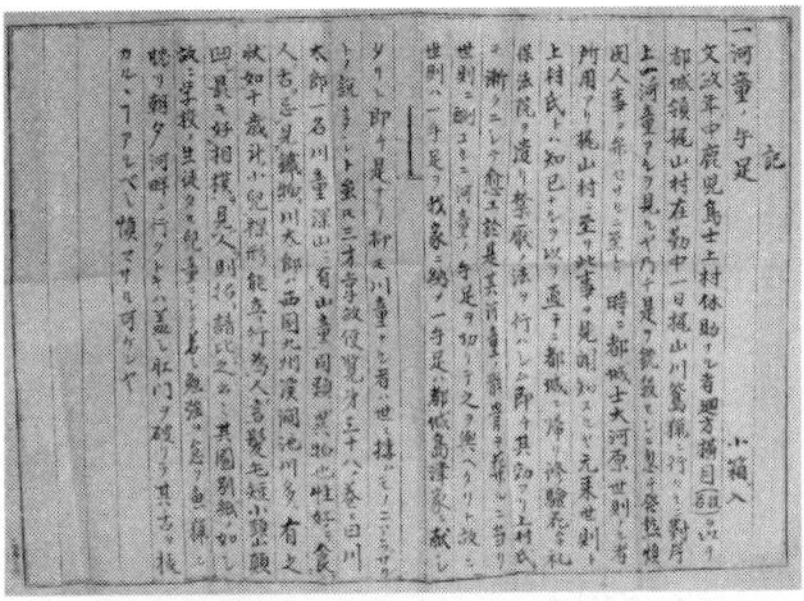
記
一河童ノ手足
小箱入

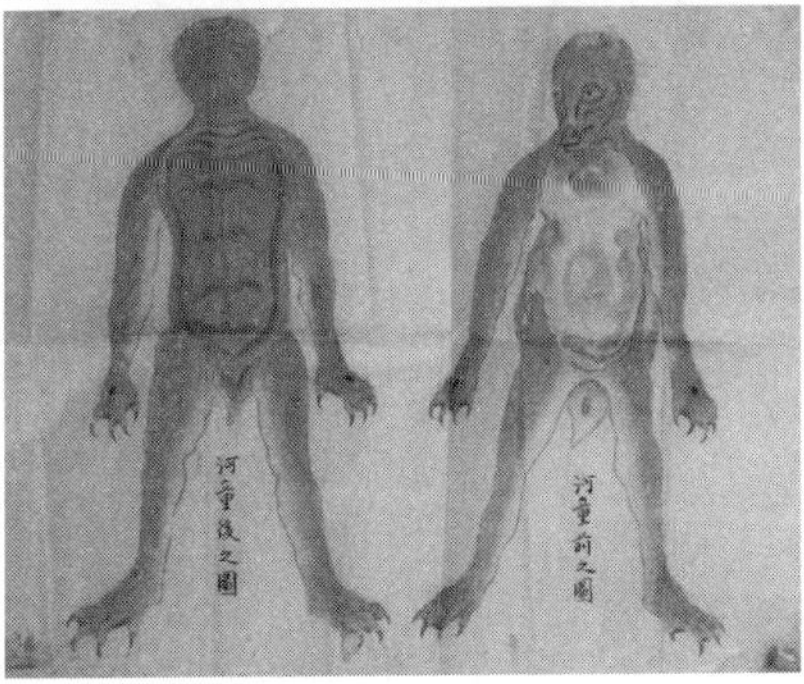

（上）河童前之図・後の之図／（下）河童の手足に付されていた由来書（画像提供・都城島津邸）

中州に誰かが立っていた。こちらを向いているようだった。

背丈からいえば、小学校中学年だろうか。両手をだらりと下げている。痩せた体型で、髪型は短めのマッシュに感じた。が、顔や服装など、細かいディテールがわからない。ただ黒い。まるで強い逆光で真っ黒になっているようだ、とたとえれば良いか。確かに沈む太陽を背にしているが、周りの状況から見て、立っている人間の顔くらいなら何も見て取れるはずだと思った。それが一切の黒に塗りつぶされたように見えない。異常過ぎる。

目を凝らした。しかし目鼻立ちどころか、何を着ているのかすら見極められない。距離はさほど離れていないのに、どうしてなのか自分でも首を傾げるほかなかった。隣にいた友人も同じほうを見つめていた。

「あれ見て。アレん顔、わかる？　服とか」

友人は首を振った——がその瞬間、短く叫び声を上げる。そのまま橋の出口へ向けて走り始めた。つられてあとを追う。橋からかなり離れたところで、友人が立ち止まる。荒い息を整えた友人が、泣きそうな顔で口を開いた。

「じわじわっ、て、こっちに寄ってきた。土手に近づきながらだった」

そのうち土手を駆け上がり、自分たちへ飛びかかってくるのではないかと急に怖くなり、逃げ出したと彼女がいう。しかしそんな事実はない。中州に立っていただけで、一切動きはなかった。言い争いになったが、結局お互いの言い分を曲げなかったせいで喧嘩別れになった。

翌日、学校に友人は来なかった。担任の話では、昨日の夜中に高熱を出し、いまはまだ病院にいるという話だった。二週間後、登校してきた友人は前と少し性格が変わったように感じる。そして、あの夕方に見たものの存在を一切覚えていなかった。


今度は、四十代の女性が小学生の頃だ。

住んでいた小林市で、正体不明の足跡を見つけたことがあった。遊びに出かけたあと、自宅へ戻る道の上に点々と何かが残っている。アスファルトを黒く濡らしたそれは、オタマジャクシのような形をしていた。大きさは自分の足よりかなり小さい。縦の長さは小学四年生が履く靴の半分もなかった。横幅は同じく靴の三分の二程度だったと思う。それが交互に続いていた。オタマジャクシ型の丸いほうを前だとすれば、近くを流れる小さな川に架かる橋の途中から始まっている。足跡は橋を渡りきった横にある空き地へ消えていた。足跡はなんだかネバネバしていた。粘液のようだった。そこから何か厭な臭いがする。洗っていない水槽のような悪臭だった。だから触れることなく放置して帰った。

家に戻って母親へ教えると、笑って答える。

「そりゃ、河童ン足跡やが」

昔、大人から聞いた河童の足跡に似ているから、という話だった。

その夜、家の周りでおかしな音を聞いた。ポーポーという感じで、鳩の鳴き声のような感じだったが、若干違う。節回しが話し声のようだった。父母にいうと、彼らも「こげんとは聞いたことがない」と首を傾げていた。

翌朝、学校へ行くため玄関を出ると、洗っていない水槽のような臭いが漂っている。どこから流れてきているかわからなかった。昨日の足跡を思い出したが、それらしきものは見つけられなかった。

学校から帰るとき、少し遠回りをしてあの足跡を調べに行った。跡は残っていた。少し乾いたような感じで、臭いはなくなっている。その後、足跡は三日ほどして消えた。家の周りを巡る鳴き声と悪臭がなくなったのも同じ時期だった。

あれから長い時間が過ぎたが、すべての正体はいまだわからないままである。

この足跡に似たものは、平成の世に鹿児島県でも発見されている。

次は、都城市に住む七十代の女性である。

五十年ほど前、彼女は近所の川でおかしなものを目撃した。水面から出た顔である。

夏の終わりの夕暮れ時、用事から戻るときにコンクリート橋から何気なく川面を見下ろした。狭い川幅の真ん中あたりにそれはあった。沈みかけた夕日の中、薄黒い朱色に染まった水面に丸いものが浮いている。ほんの少し離れた位置だったから、それが何かすぐわからない。西瓜やそれに類するものかと一瞬思ったが、すぐにそうではないことが理解できた。

二つの目があった。左右に大きく離れていた。

鼻から上が出ている。髪の毛は浜辺に流れ着いた海藻かモズクのようで、丸い頭の形が浮き出していた。見た感じ、子どもに思える。

その川は浅く、子どものくるぶしくらいの深さしかない。一番深い瀬でも膝下だった。

顔があったのはそれこそ浅瀬である。にもかかわらずそれは、頭の上半分だけを水面に出して、彼女を見つめていた。身体や手足は見えなかった。

橋の上で立ち止まり、見つめ合っているとそれは水に沈んで消えた。

最後、彼女からこんな言葉を聞いた。

〈橋から見た顔はですよ、水で死んだ私の子どもに似ちょったんですよ〉

あの子は、死んでガワッパになったんやって思いました――。

河童ロードは続く

宮崎県内の河童ロードを大まかに紹介した。

熊本県を始点として宮崎県の河童を調査していくと、どうしても長崎県、佐賀県、福岡県、鹿児島県、大分県、沖縄県、九州八県全体にも言及しないといけなくなる。

九州河童ロードを辿るなら、少なくとも九州全域をまとめる必要があるだろう。その証拠に、各地の河童伝承及び現代の目撃譚も集まってきている。そして今回、愛媛県――四国まで広がってしまった。さらに河童の出自に関してもさらに深く論考を重ねなくてはならない。

なんらかのチャンスがあれば、河童ロードについての続報をまとめたい。

ご期待いただければ幸いである。

神々の里　宮崎を行く——日向神話を辿る。

宮崎県には、日本神話の舞台が数多く存在する。

そして神々の里と呼ばれる高千穂町は、どこを歩いても神々が顔を覗かせる場所でもある。ふと視線を向けた先に見える山々の稜線、涼を求めて訪ねた泉、遠く見下ろす渓谷の奥、人々が往来する街角——どこでも神々に出会えるのだ。否、高千穂町だけではなく、宮崎県全域に神々が息づいているといっても過言ではない。

宮崎の地と日向の神々について、ここで改めて記していこう。

ちなみに宮崎県で神話を辿る道標として〈ひむか神話街道〉というルートが県によって用意されている。西臼杵郡高千穂町・天岩戸神社から西諸県郡高原町・皇子原《おうじばる》公園まで、県内全域を巡るコースである。宮崎県内の神々を追うのに最適だ。

さあ、宮崎県、日向の神話について始めよう。

天孫降臨と高千穂論争

天孫降臨とは、天照大御神の孫・天邇岐志国邇岐志天津日高日子番能邇邇芸命（ニニギノミコト。以後・邇邇芸命）が高天原《たかまがはら》から我々が住む地上へ降り立つことである。

天孫・邇邇芸命が降り立ったのはどこか？　といえば、古事記原文では〈天降坐于竺紫日向之高千穂之久士布流多氣〉。〈竺紫日向の高千穂、くしふるたけに天降った〉。くしふるとは、「奇石旧」であり、年月を経た霊妙な石が年月を経て山となった、あるいは「奇し振る」で霊異ある、という意味だという。竺紫は〈つくし〉で、これがもとで福岡県周辺こそ日向高千穂であるという説に繋がるのだが、ここでは高千穂という地名に注視したい。

宮崎県には二つの高千穂がある。

ひとつは県北、西臼杵郡高千穂町の神々の里。

もうひとつは県西、西諸県郡の高原町から望む美しい稜線の高千穂峰である。位置でいえば、高千穂町は熊本県阿蘇や大分県側の北側にあり、高原町の高千穂峰はそれよりずっと南側、鹿児島県との県境に位置する。

余談であるが、高千穂峰には天逆鉾《あめのさかほこ》（国産み神話で使われた矛・天沼矛《あめのぬぼこ》の別名。坂本龍《さかもとりょう》馬《ま》が新婚旅行で巫山戯《ふざけ》て抜いたといわれている鉾）が頂上に刺さっている。が、じつはレプリカである。地中には本物の柄の一部が埋まっているらしいのだが、刃の部分が島津氏に献上後、都城市吉之元町《よしのもとちょう》の荒武神社へ奉納された。が、以後所在不明となっている。一説によればある人物が持っていたものを買い戻そうとしたところ、考えられない高額を呈示され、結局話は流れてしまった。以降行方がわからなくなったとされている。

そして昔日、この天逆鉾を作り直して頂上へ奉納した人物がいたが、障りを受けてしまった。然るべき人へ相談したら「鉾を抜いて心から謝るよう」と助言された。いわれた通りにすると障りはなくなったという。

この二つの高千穂、どちらに天孫は降臨したのか。

いまも議論されているが、答えは出ない。ただ、ある程度の仮説はいくつも語られている。〈高千穂町の三田井にある【くしふるの峰】へ降りた。くしふる峰は山が神体である〉〈高千穂町の二上山（峰）に天下《くだ》られたと日向国の風土記にある〉〈高千穂町の祖母山に天下られた〉これらの高千穂町説に対して、高原町から望める高千穂峰こそ天孫が降臨された地であるという説も根強い。また〈福岡県側から南下していく中、目を惹く山体の高千穂峰を経由し、高千穂町へ入った〉説と〈高千穂町に降りたあと、南下する中で高千穂峰を見つけ、そこを目指した〉説など、移動説も存在する。

どちらの高千穂へ天孫は降臨したのか。それとも移動したのか。

読者諸兄姉はどう思われるだろうか？　ちなみに天孫降臨候補地・高千穂町二上山から祠《ほこら》を降ろし建てられた神社がある。

三ヶ所神社という。

ここの拝殿には立派な海馬が彫られているのだが、この海馬を脳の海馬と関連づけ、脳の保護や学業成就の御守りを授与している。もしご興味がおありなら訪ねることをお薦めしたい。とても心安らぐ気持ちの良い神社である。


この高千穂峰は人を選ぶという話を聞いた。

まるで象形文字の山を象《かたど》ったような美しい山体をひと目見ようと、遠方からやって来る者はあとを絶たない。だが、何度訪れても目にできない人がいる。

雲や雨で隠れる。あるいはピンポイントで高千穂峰だけ分厚い雲で覆われる。ときにはさっきまで快晴であったのに、その人物が外へ出た途端、雲が山を隠してしまう。天気予報は晴れで、降水確率ゼロパーセントでも大雨が降ってしまう人もいた。

しかし真逆の人も存在する。予報では高確率で雨だったのに、その人が高千穂峰の見えるところまでいくと突然雲が晴れ、山体が姿を現す。またさっきまで分厚い雲があったのに、峰に目を向けると、あっという間に晴れ渡る人もいるらしい。

これらを持って〈高千穂峰は人を選ぶ〉というのである。

この高千穂峰の麓《ふもと》・高原町には真剣で舞う神楽〈祓川神楽《はらいがわかぐら》〉が伝承されている。真冬に夜通し舞われるこの神楽は必見の神楽のひとつであろう。時期を合わせ、霜や雪で美しく化粧した高千穂峰を仰ぎ見たあと、祓川神楽に参加するのもお薦めである。


同じく、高千穂町も行く人によっていろいろあるようだ。

何回トライしても数々のトラブルが起き、高千穂町内へ入れない人もいれば、今回は行けないなと諦めていても、なぜか高千穂町へ行けることになる人もいる。そしてたまたま訪れたとき、とても珍しいものを目にしたり、聞いたりできる人もいるようだ。このあたりはご縁ということだろうか。

考えてみれば、仕事関係などで高千穂町へ住んだ人の中でもいろいろな意見の違いがあった。片や高千穂町に惚れ込んだあと、移住するもの。片や高千穂町が合わなかった者。この人はのちにいろいろなトラブルに巻き込まれた――が、あまりにプライバシー関連に喰い込んだ内容になるので省略する。

日向三代を追う

日向三代。天孫として高天原から降りてきた邇邇芸命から始まる三代、邇邇芸命・火遠理命（山幸彦）・鵜葺草葺不合命、皇室の祖が日向にあった時代のことをいう。

この神話に出てくる邇邇芸命と木花之佐久夜毘売《このはなのさくやひめ》の墓所が、宮崎県西都市にある。西都原《さいとばる》古墳群の男狭穂塚《おさほづか》古墳と女狭穂塚《めさほづか》古墳である。

九州最大の古墳で、五世紀前半に作られたものだ。天孫とその后の墓所に相応しい……のだが、じつは別の被葬者の説もある。男狭穂塚古墳が諸県君牛諸《もろかたのきみうしもろ》（あるいは牛諸井）、女狭穂塚古墳が牛諸の娘、第十六代仁徳天皇妃の日向髪長媛《ひむかのかみながひめ》ではないか、というものだ。牛諸は天孫から続く血に連なる者であり、応神天皇の協力者であった。だからこそこの規模の古墳が用意されたのではないか。またこの時代、女性が亡くなると出身地に埋葬されるのが当たり前だったともいう。

西都市のことを〈斎都〉ではないかという声もある。いつきのみやこ、であるから墓所の都と思う向きも多いだろう。しかし斎には潔斎して神へ奉仕する、いわふ（斎・祝）、古代だと対象を崇める神官の行為という、いつく（斎）の意味合いが強い。

西都市の小高い場所にある西都原古墳群を訪れると、なんともいえず神妙な気持ちになる。

それぱかりか〈ある写真〉を入手した。

西都原古墳群を携帯で写した一枚の写真だ。撮影者いわく「空中に誰かが立っている」。見てみると、確かにそのように感じられる。元画像を拡大すると画質が荒い。そこでピクセル数だけを弄《いじ》ってみて驚いた。背中をこちらに向けた男性の姿に見える。それも白い衣服——たぶん、古墳時代に男性が身につける高貴なもののように感じられる。両腕は腰のあたりで、片足を上げているようだ。まるで階段を上っている姿だった。

現地を調べたが、脚立や梯子を立てて昇ってもそのような姿での撮影は無理だった。

この男性が向かう先には古墳がある。被葬者は男性であった。


邇邇芸命と木花之佐久夜毘売の間に産まれたのが、火遠理命（山幸彦）だ。兄である火照命（海幸彦）が持つ釣り道具と、自分の弓矢を取り替えてもらったものの、大事な釣り針をなくしてしまう。自分の剣を潰し、釣り針を大量に作って渡して謝っても許してもらえない。そこで出会った塩椎神《しおつちのかみ》に海神の宮へ送ってもらった。海神の宮で海神の娘の豊玉毘売と出会い結婚し三年の間を過ごす。その後、なくなった兄の釣り針を見つけ、地上へ戻った。その際、火遠理命は塩乾珠《しおふるたま》と潮満珠《しおみつたま》の宝珠と使い方を伝授される。地上へ戻ったあと、兄に釣り針を返すときに後ろ手に返すことで呪をかけた火遠理命は、二つの宝珠の

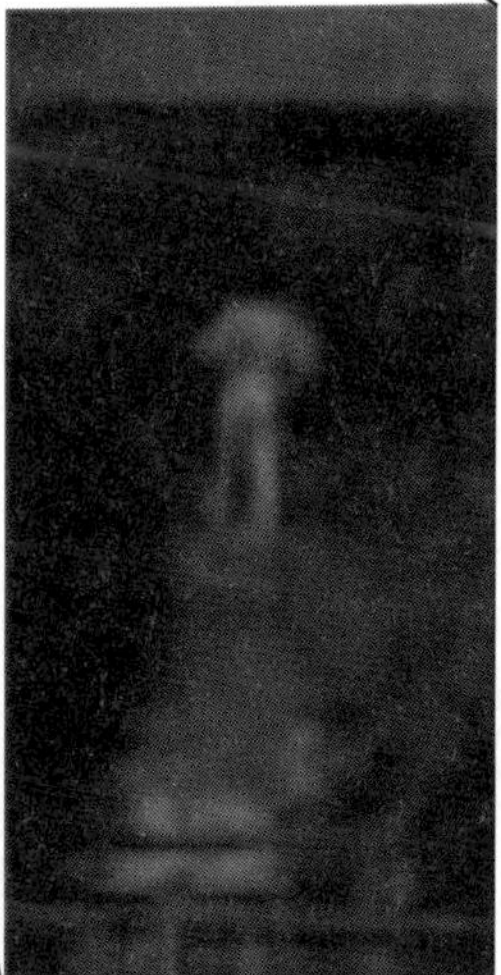

平成十六年に行われた全国植樹祭の際、天候皇后両陛下(当時)が着席された〈お野点所〉。宙に浮く白い人影を確認できる。白い人物の後ろ姿は男性のようにも見える。実際に誰か立っていたのだろうか。だが、現地で各種足場を使い、再現を試みたが不可能だった。

力で兄を制した。以降、火遠理命の下に兄・火照命はつく。そして彼は隼人の祖となった。

この隼人の祖である火照命を祀る神社が宮崎県にある。

潮嶽神社である。

『河童ロード』でも紹介したが、もう一度記しておこう。

潮嶽神社は山を背にしており、近くに海へ続く川がある。また神社の前の道路を下っていくと海へ繋がる。潮嶽の名が示す通り、海と嶽に挟まれた立地だ。

この神社には数々の興味深いものが伝わっているが、前述した禁足地には海幸彦・火照命が乗ってきた岩船が埋まっているという。この禁足地に勝手に入ったり、ここに生えた木々や草を持って帰ったりすると障るのだ。


日向三代の三代目は、鵜葺草葺不合命《うがやふきあえずのみこと》である。

神武天皇の父で、妻は玉依毘売《たまよりひめ》だ。この玉依毘売は鵜葺草葺不合命からすれば父の妻・豊玉毘売の妹になる。日向三代のうち、邇邇芸命のあとの代はすべて海神の神の血族を妻として迎えている。海が近い宮崎県だからということもあるのだろう。と、同時に日向の海を支配していた古代の海洋民族・豪族と婚姻することで融和を計ったとも考えられないだろうか。

この鵜葺草葺不合命が産まれた場所が、日南市の鵜戸神宮である。

下り宮の様相を呈しているこの神社だが奇岩に囲まれている。本殿は洞窟の中にあり、独特の雰囲気を感じられるだろう。洞窟は太陽が昇る東を向いているので、もともとは古代海洋・太陽信仰の場だったと思われる。

鵜葺草葺不合命は一時期この日南市の鵜戸神宮周辺を拠点としていたようだ。のちに高千穂峰の麓、高原町へ居を移し、そこで神武天皇たち兄弟を育てている。その後再び日南市へ戻った。成人した神武天皇は一度高原町へ戻り、その後高千穂峰が望める場所に居城・宮を作る。そこは都城市の都島《みやこじま》（宮古島）であるという。都は天皇が住む土地、中央政府がある場所。島は寄せるところ、人や縁が集まる場所を指す。古代、重要な場所であったことを表しているのだろう。

神武天皇はこの都城市の都島から東を目指し、東遷への道を歩み始めた。

潮嶽神社傍の禁足地。磐船が埋まっているというが……（撮影・藤田りんご）

鵜戸神宮といえば、こんな話を聞いている。

ある人が、真夜中の鵜戸神宮を訪ねた。二十年以上前のことだ。友人を伴った状態の、思いつきの行動だった。真っ暗な駐車場へ入り、停車する。つけっぱなしのライトの中で、何かが動いた。野生の猪だった。背中の高さは、大人の膝の上くらいあった。数えただけで六頭はいる。体当たりでもされれば、車体がへこみ、傷がつく。追い立てられるようにその場をあとにした。幸いなことに猪は追ってこなかった。

鵜戸神宮から離れ、これからどこへ行こうかと友人と相談する。海沿いを北上し、青島方面から宮崎市か。それとも南下し、鹿児島県へ入るか。それとも西側へ進み山を越え、都城市へ向かうか。悩んだ挙げ句、西の山越えルートを選んだ。都城市には夜に起きている友人がいたからだ。そこへ行って、仮眠を取ってから高速を使い鹿児島へ遊びに行くことを決めた。

山道へ入る。慣れた道だが、何か違和感があった。どこがどうというわけではないのだが、いつもと違う。アクセルを踏み込んだ。登りの道が延々と続く。途中、進行方向に何かが現れた。猪だった。それも二頭だ。さっき見たものより大きい。ライトに照らされたその身体は、やけに黒っぽかった。猪たちに追いついてしまう。猪は左右にわかれ、併走を始めた。速度メーターには七十キロ以上が表示されている。猪は最大速度が四十五キロあると聞いたことがあった。しかし猪たちは真横に並んで走り続けている。加えて、いまは登りの道になっている。考えられないスピードだ。

運転席から真横にいる猪を睨みつけた。猪と目が合った。人間みたいだ、と感じた。動物の瞳とは思えない。どことなく怒りの色が浮かんでいた。

助手席で友人が大声を上げる。

「あん猪、俺をずっと《ずっと》ち見ちょっが！」

二人同時に、気持ちが悪いと口に出す。アクセルを緩めた。猪たちはそのまま登り続け、いつしかライトの範囲から消えた。今度は普通の音量で友人が口を開く。

「腹が減ったかい、何か喰いにいこや」

確かに腹が減っていた。否。異様なほどの空腹を覚えている。このままでは倒れてしまいそうだ。友人も同じような状況に陥っていた。速度を上げて都城へ入る。途中、先行しているはずの猪には追いつかなかった。

二十四時間営業のファミレスへ入り、貪《むさぼ》るように食べた。二十年前、二人で食べた金額の合計が万行ってしまったといえば、どれくらいたくさんの量を食べたかわかるだろうか。いつもなら絶対に食べられない量だった。

そのまま都城市の友人宅へ辿り着き、部屋に座り込んだ途端、二人は倒れた。

熱が三十九度を越えていた。

都城市の友人宅から別の友人たちに、車と自分たちを運んでもらう。その後、この人と友人は三日以上寝込んだ。起き上がってからも関節痛や時々襲う酷い頭痛に半年ほど悩まされたという。

神武天皇、東遷への道

ここまで繰り返し〈神武天皇の東遷〉と書いてきた。

これは「神武天皇が畿内へ向かったのは、東への遷都」だと仮定した上での言葉である。よく書かれるのは神武天皇の〈東征〉であるが、これは東へ征伐に行くことを示す。個人的には東遷説を推しており、本書では東遷と表現している。

この東遷を実施した初代天皇・神武天皇は都城市と縁が深い。その居城・宮があった、関係があったといわれる都島と都原を歩いてみたが、よく晴れた日には遠くに霧島連山、霊峰・高千穂峰が望める。成人後の神武天皇が鵜戸神宮周辺から高原町を経て都城市に戻ってきた理由は、この霊峰・高千穂峰と盆地という地形が大きな理由だったのかもしれない（枚数に

限りがあるので、ここではカットするが、なんらかの形で発表できればと思っている）

都城市は神武天皇関連の重要な地であると同時に、のちの時代では島津氏発祥の地にもなっている。ここもまた興味深いポイントである。

ここで島津氏の名前が出たので、宮崎県取材中に出てきた話を書いておこう。

都城市都島町《みやこじまちょう》に山城があった。これを都之城という。別名・鶴丸城。鹿児島県にある島津家久公が建築に着手した居城と同じ名前である。

都之城は島津氏の支族・北郷氏、都城島津氏の二代当主北郷義久《よしひさ》公が築城したものだ。以後北郷氏の本城となっている。この都之城城跡の敷地内に狭野《さの》神社が鎮座している。狭野は神武天皇の幼名だ。ただし、もともとは須久束《すくつか》大明神という名で、都之城を築城した北郷家久公が建立と遷座したものである。狭野神社へ改称されたのは明治二年、現在の場所への遷座は昭和十五年だった。

現在、この都之城の外、そして一部の地域は〈出る〉とまことしやかに囁かれている。とくに近くを通る細い道路と、傍を流れる川に沿った場所であるという。

たとえば、道路を下っていると女性に出会うが、一瞬目を離すと消えている。自転車を押して昇っていると、誰かに追い抜かれたので視線を向けると人っ子ひとりいない。夜、川沿いの道を歩いていると鈴の音が追いかけてくる。その道の先に通じるところに、得体の知れないモノが出る。そして、人が踏み入ってはならないところに通じている――。

都城市在住の伊野さんはこんな体験をしている。

春、彼女はプライベートな用事で都之城周辺を車で走っていた。

大学卒業後、新卒で就職した二年目の頃である。

登り坂を走っているとき、やけに車体が軽い感じがした。エンジンの調子も良い。目的地について用事を済ませたのは昼過ぎだ。その帰路の途中、左側から自転車が飛び出してきた。ぶつからないように避け、そのまま進む。そのわずかな時間差で信号に引っかかった。信号が青になる。右折するはずが、なんとなく直進してしまった。遠回りにはならないが、通らなくても良いルートだった。途中、ふとお菓子を買いたくなってコンビニに立ち寄る。店内へ入ると、スマートフォンが震えた。妹からだった。

『迎えに来て！』

電話の向こうから怒りに満ちた声が聞こえた。彼氏と出かけたが、途中で喧嘩して車を下ろされたらしい。場所はどこかと訊ねたが、妹は具体的な説明ができないようだ。

位置情報を送ってもらい、そこを目指した。

が、辿り着いたが妹はいない。場所を確認しようとスマートフォンを取り出した。思わず我が目を疑う。妹からの着信履歴、送られてきた位置情報が消えている。ただ、地図アプリとそこへ入れた情報は残っていた。わけがわからぬまま、妹に電話をかける。

『え？　彼氏と出かけるの、夕方やっちゃけど？』

狐につままれるとはこのことか。家へ戻ると確かに妹がいた。そしていまし方あった出来事を話すが、相手も首を捻るばかりだった。


辿り着いた場所について、伊野さんに教えてもらった。少々驚いた。

本書の取材で出てきた〈人が入ってはいけない場所〉のひとつだったからだ。それも都之城周辺と川、及び関連する体験談（本書には書いていない）を提供して下さった方から教えられた場所なのである。調査するとその理由も朧気ながら見えてきたのだが、じつは一見して「ここは危ない」とわからないところなのである。正直いって、何も知らずに踏み込んでしまっている人も多いだろう。まるで罠だ。

そのことを説明する前だった。伊野さんがポツリとこんなことを漏らした。

「わけわかんないあの電話のあとなんですけど、通勤中に車に突っ込まれて」

大事にしていた愛車が廃車になったという。そして彼女自身、一部にわずかな後遺症が残っていた。時間が解決するかもしれないが、それもまたわからないようだった。

ここでいったん神武天皇の話へ戻る。

都城市を出たあとの神武天皇の東遷ルートを見てみよう。

一度宮崎市の宮崎神宮があったあたりに宮を築いた説と、高千穂町へ移動した説がある。宮崎市か。高千穂町か。それとも両方だったのか。どれも可能性がある。その後、宮崎市あるいは高千穂町の宮から、日向市の美々津《みみつ》より御船出をし、東を目指した。

美々津の御船出に関して、周辺地域には神武天皇の伝承が数多く残る。

船の建造を命じた神武天皇は、その忙しさの中で衣の綻びを立ったまま縫わせた。この出来事から町内に〈立縫《たちぬい》〉の名が残った。――別説には神武天皇が美々津より出立する際、その衣に綻びを見つけた。そこで立ったままの神武天皇の衣を縫った。そのまま東へ向かった神武天皇は日向に戻ることがなく、以来〈出かける人の綻びを、服を着せ立たせたまま縫ってはならぬ。縫ったら二度と戻ってこなくなる〉と伝えられた――。

また、神武天皇が腰かけて身体を休めた〈腰かけ磐〉が立磐《たていわ》神社に残っている。そして、船が完成した後、出航の日をある程度決めたあとだ。最適な天候と風を待っているとき、急に天候が良くなった。そこで八月一日の夜明けに船出になったが、まだ御船出は先だろうと油断していた美々津の人は慌てて起き出した。先に目を覚ました者は周りの家々を回り「起

神武天皇はここ、美々津より船出した伝承が残る。遠くに見える二つの島の間を通った神武天皇が戻ってこなかったことから「この島々の間を通ると戻ってこられなくなる」と、ほかの船が通らなくなったという。

きよ、起きよ」と寝ている者を叩き起こす。困ったのは神武天皇に差し上げようとしていた団子だった。餡を包んだ団子を予定していたのだが、時間が足りない。短縮のため餡も団子も併せて蒸して搗いたものを神武天皇へ献上した。

美々津の人に見送られながら、神武天皇は東へ向けて旅立った。

美々津の海に浮かぶ、二つの岩礁の間を抜けて船は行く。以来神武天皇は戻ってこなかった。これがもとになり〈二つの岩礁の間を通ると、二度と戻ってこない〉といわれるようになったのである。だからこのあたりの海を航行する船は決してこの岩礁の間を通らない。

この神武天皇出立は〈おきよ祭り〉となって、いまも美々津の人が大事に執り行っている。そして餡と団子を同時に蒸して搗いた団子は〈お船出団子〉として当地の菓子店が作り、誰でも食べられるようになった。

また御船出の際、凧を揚げて天候を調べたので、美々津は凧揚げ発祥の地ともいわれていることも覚えておきたい。

神々の里　高千穂

高千穂町は神々の里、神話の里、神都と呼ばれている。

神々の住まう町だからである。高千穂町を歩くとわかるが、どこを向いても神々に出会える。天照大御神が隠れた〈天岩戸〉。隠れた天照大御神をどうするか八百万神が相談した〈天安河原《あまのやすかわら》〉。天村雲命《あめのむらくものみこと》が高天原から水種を移した〈天真名井《あまのまない》〉。天孫が降臨した〈高千穂〉。ほかにもたくさんの神話・伝承が残っている。また住まう人たちは神々の物語と願い、祈りを込めた〈夜神楽〉を舞い、神々とともにあるため玄関に注連縄を一年中飾る。

このように神々の息吹を傍に感じられるのが、高千穂町である。

もちろんここまで書いた内容はその一端に過ぎない。もし高千穂町と宮崎県の神々や伝承について文章を綴るのなら、複数冊必要になる。(〈高千穂町こそ女王・卑弥呼の冢がある〉という説も含む)

だから今回はほんの触りだけの内容になるが、ご容赦いただけたら幸いである。

神武天皇は高原町、あるいは高千穂町で幼少期を過ごしている。父・鵜葺草葺不合命のもと、三人の兄たち〈五瀬命、稲氷命《いひなのみこと》、御毛沼命《みけぬのみこと》〉とともに、若御毛沼命（神倭伊波礼毘古命。のちの神武天皇）は健やかに育ったその後、神武天皇と三人の兄は日向の美々津より東遷に向かう。五瀬命は紀国男之水門で亡くなり、稲氷命は母の国・海へ入り、御毛沼命は波頭を踏んで常世《とこよ》の国に渡った。が、御毛沼命には別伝がある。高千穂へ戻り、荒神・鬼八（コラム・鬼八異聞を参照いただきたい）を懲らしめたというものだ。

この御毛沼命と鬼八にまつわる話をここで紹介しよう。

高千穂町に住んでいた女性から聞いたもので、昭和中期のことである。

当時小学生だったこの人の目の前で、男の友人が鬼八の塚を蹴って馬鹿にした。「悪モンやけど、もう死んじょるけんが、なんもできんやろ」などのような悪態であった。

ところがその夕方、その友人の足が折れた。家路を急ぐ最中、音もなく骨折したのである。それは塚を蹴った足だった。友人宅へ連れ帰りわかったのは、もう片方も骨が折れていたことだった。そのせいか真夜中には高熱を発している。

寝込んだ友人は体力が落ちたせいか、風邪を引き喉が腫れた。声も出ない。そして両手首と両肘の関節が腫れ上がり、曲げ伸ばしもできないようになった。

これはきっと鬼八の障りであると、友人の両親は高千穂神社へ向かった。そして一心に祈願すると、友人の不調は数日で治ったという。

高千穂神社に十社《じっしゃ》大明神が祀られているが、これは御毛沼命を含む神々のことである。「鬼八の障りなら、御毛沼命様がなんとかしてくれるやろうけん」と思い、友人の両親は高千穂神社で子の快癒を願ったのだ。以降、友人は鬼八の塚の前を通るときに頭を下げるようになり、高千穂神社へよくお参りをするようになった。

鬼八塚の話に乗じて、鬼八伝説に関係する祭りも紹介しよう。

高千穂神社に伝わる〈猪掛祭《ししかけまつり》〉である。鬼八の祟り・早霜による害を鎮めるため、鬼八の魂を慰霊するものだ。毎年旧暦の十二月三日に行われる祭りは猪を丸々一頭供え、神職たちが〈笹振り神楽〉を奉納する。もともとは乙女を生贄にしていたが、戦国時代に日之影の中崎城城主・甲斐宗摂公の命により身代わりに猪になった――といわれているが誤りである。猪掛祭は行われていたが、供えるのは最初から猪であった。どこかでねじ曲げられ、乙女を生贄にしていたという血腥《ちなまぐさ》い内容にされて伝わったのだろう。ここに修正しておく。

さて、ここからは高千穂町の空に関する話を語ろう。

〈高千穂町の空に、龍が舞った〉という事件が起こった。

調べてみると写真も残されていた。白く長いものが、青空をバックに身をくねらせるように飛んでいるものだ。知る人いわく「高千穂の龍神様が祀られている近くの空」であるらしい。この龍の出現で、個人的に龍を祀る人も現れている。

そして天岩戸神社近くに住む人物は、わけのわからないものを空に見た。

戦後何年か経ったあと、中学校に上がる前年だ。友人らと稲刈りが済んだ棚田の上で遊んでいるときだった。頭上に何かが覆い被さるような気配がする。

見上げると大きな円盤状のものが浮かんでいる。色は艶《つや》のない銀色だ。幅は自分が横に腕を広げたよりも大きい。大人が横に腕を伸ばしたくらいかもしれない。距離は手を伸ばして飛び上がったら手が届くのではないかと思うほど近い。

音もなく宙に浮くそれは、ゆっくりと回転しているようだった。

少し離れてみてわかったが、単純な円盤ではなく、伏せたお椀のように思える。それも高台部分が長いお椀だ。その場にいた全員が見上げる中、その伏せたお椀は音もなく飛び去った。祖母山方向だというから、大分県側だったのだろう。

「あれは、外国の最新飛行機に違いない」と皆結論づけた。しかし、のちにテレビや雑誌で見て気づいた。〈未確認飛行物体（未確認異常現象。UAP）〉にそっくりであった。

取材の最中、こんな声も聞かれた。

「高千穂は神々の里なのだから、空に何かが飛んできてもそれは当たり前だ。それぞれ龍神様関連の神社近くと、天岩戸神社の近くの話なんだろう？　天岩戸は天手力男神さんが岩戸をぶん投げたところだ。飛ぶ岩戸は円盤に似ていたはずだ。理屈は合う」

確かにそうかもしれない。

また、高千穂町にはさまざまな生物譚が残っている。たとえば、先述の〈謎の犬〉。宙を舞う〈龍〉。

そして〈龍駒〉。この龍駒については以下の話が残っている。

祖母山に雄馬がいた。頭に一本の角を持っており、龍駒と呼ばれていた。龍駒は祖母山の麓〈大字五ヶ所字笈《おい》〉にある佐藤某の家に通い、斑の雌馬との間に子馬をもうけた。この子馬は斑で、頭に角が一本生えていた。明治時代のことである。この子馬の死後、角は佐藤某家で大切に保管されたという。しかし困窮のためか角は質草となり、大分県へ流れた。角は大分県の南海部《みなみあまべ》郡弥生町《やよいまち》（現・佐伯《さえき》市）の某家に保管されていたが、この家の主人から高千穂町歴史民俗資料館へ寄贈され、高千穂へ戻ってきた。が、大分県の某家では馬の角を家宝として大切に扱っていたが、防虫剤など保管に必要な薬剤を入れていなかったため、ボロボロになってしまった。

しかし〈龍駒〉にはもう一種存在する。それは〈龍の駒〉と称す。

龍の駒は神の使いで、山の神、龍神、雷神を乗せてひと晩に千里をかける。その姿は鹿に似ているが、牛ほどの大きさを誇る。七又の立派で大きな一対の角を持っているのも特徴だ。

　この龍の駒は米良山、霧島連山、九重連山、祖母山山系に実在するといわれている。

　その証拠に明治八年に鹿罠にかかった龍の駒の角が保管されている。のちの昭

（上）ケース内には砕けた龍駒の子、その角の欠片が入っていた。／（下）龍駒の古文書。「文久二年に伝わった」などの内容が確認できる。

和二十五年に〈米良鹿（学名・メラセルバス　セルバチァタス　キシダ）〉と命名されたようだ。次に昭和二十五年、大分県国東《くにさき》市国東町で一頭捕獲。また同じく大分県香々地町（現・豊後高田市）で角が回収されている。この頃、大分県で角の発見や、生きた姿を目撃されることが多発している（大分土木部計画課・資料）。海外の鹿ではないらしい。いまだ正体がよくわかっていない鹿だからこそ、これからの発見と研究に期待を寄せたい。メラジカについては『米良の自然　動・植物考と研究史（中武雅周・著　個人出版　昭和五十九年）』に詳しい。

高千穂町に一歩足を踏み入れると、独特の空気感に圧倒される。別世界と呼ぶべきか、それとも神々の世界と呼ぶべきか。取材をした高千穂の御神職はどなたも言葉柔らかにこの地への敬意を示した。しかし、その言葉の端々にこの地の素晴らしさと特殊性が垣間見えたのも確かだ。そして友人（と幸いなことに口にしてくれている）僧侶いわく「高千穂は特殊な場所だからね」。確かにそうなのだろうと思う。

そして高千穂の各神社を巡っていて感じるのは「ここは神々の世界を人々が地上に写し取ったともいえるのではないか」ということだった。すべてにおいて神々と自然、人々の思いや願いが整然と融和しているように感じる。

たとえば、天岩戸神社、東宮と西宮だろう。

東宮の祭神は〈天照皇大神《あまてらすすめおおかみ》〉である。天照大御神の別名で皇祖神を表す。拝殿は高台にあり、後ろに豊かな神水が湧き出ている。この拝殿正面側に聳えるのは、天香久山《あまのかぐやま》だ。拝殿から降りてくると、鳥居の中に美しい天香久山がすっぽり入っているのが目にできる。じつに圧巻であった。天香久山は高天原にあった山といわれている。高千穂の天香久山の真榊を布刀玉命が根刮ぎ抜き、これに八尺勾、八尺鏡、白と青の幣帛を取りつけ、天岩戸前に飾ったという伝承が残る。これは岩戸開き神話のシーンに出てくるので、是非お調べいただきたい。

この天香久山の榊はいまも高千穂神社、くしふる神社の例祭の神事で使われている。

天岩戸神社西宮の祭神は〈オオヒルメノミコト〉で、御神体は岩戸川対岸の断崖中腹の洞窟〈天岩戸〉である。その名の通り、天照大御神がお隠れになった洞窟である。二度と天照大御神が戻らぬように注連縄が張られるところだ。岩戸川に沿って西宮より下っていくと、神々が隠れた天照大御神をどうするかと相談した〈天安河原〉が姿を現す。

また邇邇芸命が降臨したあと、同行した天宇受賣命《あめのうずめのみこと》と道案内した猿田毘古神《さるたひこのかみ》が結婚。慌てて宮を築いた場所といわれるところが〈荒立神社〉の傍にある。

まだまだあるが、ここまでにしておこう。

このように神々の世界である高千穂町だが、時々おかしな話も耳にする。

否。じつは宮崎県全域での話でもある。宮崎県は神々の地であるが故か、さまざまな人間たちが利権や権威のために這入り込んできては場を穢す。

このような相手はそれなりの末路を辿っている。詳細は省くが、かなり酷かった。

そればかりか観光客たちも身勝手な振る舞いをし、神木を傷つけたり、境内内部を荒らしたりしていくこともある。もちろんなんの罪悪感もない。取材中、目の当たりにして驚いた。注意してみても、逆に睨みつけられて終わった。そういう輩はなぜか「神社の作法」や「パワースポット」に煩く、声高に「ご利益」について語っている。

参拝にマナーは大事なのだろうか、とよく訊かれる。御神職からいわれるのは「よくテレビや雑誌のいうような参拝マナーは気にせずともよいですよ。誰かのおうちを訪ねたときみたいに、相手にも自分にも気持ちよい行動をする感じでいいんです。それは敬意にほかなりませんから」

もちろん、高千穂町にはパワースポットといわれる場所がいくつもある。

神社や神話関連の場所がほとんどだが、中には違うところも存在する。

たとえば、新宗教がらみのスポットだ。知らないとき、実際に足を運んだことがある。そこは全体的に捻《ねじ》れて見えた。実際に周囲にあるものが物理的に曲がっているのだが、それだけではない歪みすら感じられた。取材を進めながら、いろいろな部分におかしな点を発見してしまう。まともな場所ではない気がした。次第に体調が悪くなる。離れてからも目が回るような感覚が収まらない。ほかの神社へ入るとそれは即治った。のちに調べると新宗教がらみのところだった。

じつは、ここを訪れて同じことが起こった方々もいる。お気をつけいただきたい。

ごく個人的にいえば、高千穂町自体へ行くこと、そして宮崎県内や日本全国の神社仏閣へ足を運ぶことは良いことだし、是非楽しんで来てもらえたら、と思う。

そのとき、どんなところにも敬意を持って巡るのが肝要だ。そして宮崎県以外、各地の御神職や僧侶の方々に朗らかに質問すればいろいろ教えて下さる。

まずはそこから始めよう。きっと新しい発見や感動があるはずだ。

同時に、日本の神話について学ぶチャンスでもある。

〈神話を知らない、忘れた、学ばない民族は滅びる〉

歴史学者・アーノルド・J・トインビーの言葉であると流布されているが、それが真実かどうかはわからない。そもそもさまざまなバリエーションがある時点で疑うべきだろう。ただ、自国の神話を知っておくことは人にとって大事なことではないか、と思う。神々の里を含む神話の断片を記した本書が、日本神話に興味を持っていただく一助になればと願っている。

宮崎怪談、取材同行後記 ～パワスポって本当にパワーあるよね～

「宮崎怪談にカメラマンとして参加しませんか」

と久田先生からお誘いを受け、宮崎の神社取材に同行することになった。

潮嶽神社の禁足地、サンメッセ日南のモアイ像、近くの漁港で美味しいお刺身を食べ（これは取材ではなく観光か）都城島津伝承館などなど、神奈川出身の私としては見るもの触るもの食べるもの、すべてが目新しく、興味深いものばかり。

禁足地の写真を撮る前は、きちんとお祓いをしていただいた。足を踏み入れたりはしないけれど、やはり恐れ多い。宮司さんいわく「神様が写真を撮ってはいけないということであれば、カメラが壊れて映らなかったりする」とのことで、いま現在カメラが無事なのと、潮嶽神社の写真はどれも私なりに素敵な出来に仕上がったのは、きっと神様の思し召しにちがいない。

取材の時間はあっという間に楽しく過ぎ、空港で久田先生とお別れし、飛行機に乗って一路羽田空港へ。

良い旅だったとニコニコしていたのだが、モノレールに乗って帰宅する途中で「うへっ」と思う出来事があった。

私は一人で行動するとき、だいたいノイズキャンセルイヤホンを使って音楽を聴いている。このときも、いっこうに上手くならないバイオリンの研究のために、葉加瀬太郎の『情熱大陸』をえんえんとリピートして聞きながら、ホームでモノレールを待っていると。

とんとん、と肩を叩かれた。

「？」

何か落とし物でもしちゃったかな？　などと不思議に思いながら振り向くと、そこにはアフロヘアーの黒人男性。イヤホンを片耳だけ外しながら「なんですか？」的な感じで相手を見ると、その人は。

「これから一緒にご飯でも食べに行きませんか？」

みたいなことを英語でいってきた（たぶん）

私は普通に「ノー」といって、ノイズキャンセリングイヤホンを耳に着けなおし、やってきたモノレールに乗り込んだ。

なんでしょう。これはナンパ？　しかしじつのところ、私はナンパされるような年齢ではないマダムなのだが……日本人は若く見えるってやつなのかもしれない。あと、感染症対策でマスクをしているから、顔半分が見えなかったせいもあるかも。外人さん、声をかける相手を間違えちゃったんだろうな。私は同じモジャモジャ頭でも、葉加瀬太郎に声をかけられたのならついていってしまうかもしれないけど、見ず知らずの黒人男性はノーサンキューだ。

変なこともあったもんだ、と思って自宅の最寄り駅に着き、電車を降りると。

なぜか、例の黒人男性もついてくる。

これはちょっとよろしくないのでは……と思い、駅構内の女子トイレへ逃げ込み、しばらく時間を置いてから改札のほうを見ると、まだうろうろしている。仕方なく、家とは反対方向へ歩いていって、遠回りして帰宅した。

上手く撒けたようで、その後は何事もなかったのだけれど、なんだか妙な体験をしてしまった。今回の宮崎取材では、パワースポットと呼ばれる場所をいろいろ回ったので、もしかしたら何か憑いてきちゃったのでは……と思ったけれど、正直、久田先生セレクトのパワースポットで悪いことがおきるわけがない。

でもなぁ……。

と、いろいろ考えを巡らせて「あ、これかも！」と思い至ったことがある。

サンメッセ日南のモアイ像だ。

七体並んでいるモアイ像は、左側から学力アップ・金運・夫婦円満・開運・恋愛運・健康運・

サンメッセ日南のシンボル・モアイ像（撮影・藤田りんご）

仕事運の御利益があるといわれている。

私は「せっかくここまで来たのだから」と、観光気分で七体全部にペタペタ触り、エネルギーをもらった気になっていた。

でも、よくよく考えたら、私に恋愛運のパワーっている？　いらないよね……。

だって、配偶者いるし。恋愛を楽しむってガラでもない。

それなのに、右から五番目のモアイ像から恋愛運を無駄に頂戴していたのだとしたら。その御利益で黒人男性との出会いがあったのかもしれない。モジャモジャ頭の彼がポリネシア系だとしたら、モアイ像パワーに引き寄せられたのも頷ける。

もしかしたら、サンメッセ日南のモアイ像、すごいご利益あるのかも。

だからこそ、必要のない分野のご利益は授かろうとしないほうが賢明だったなぁ、と反省することしきりなのであった。

〈藤田りんご／カメラマン〉

墓を守る――宮崎県取材ノートより

宮崎県内の話である、とだけ書いておこう。なぜなら、かなり体験者のプライバシーに踏み込んでいるからだ。

日高幸一《ひだかこういち》さんという人物がいる。三十八歳だが、それより若く見える。背は高くもなく、低くもない。やや痩せ形で、色白。髪型もファッションも二十代後半の男性がするような感じだ。現在は営業部所属で、役職に就いている。生まれてからの三十八年、彼はずっと宮崎県住みである。県外へ出るときは、学校行事か仕事、ちょっとした旅行などくらいのもので、ほかの事情で出た記憶がないという。家族構成は妻と五歳の娘、そして三歳の息子である。

父方の祖父母と父母が亡くなったあと、遺された実家に住むようになった。これは二十九歳のときで、結婚後の話である。彼と彼の妻の通勤にもとくに影響がない位置にあるので、問題はなかった。日高家はとくに由緒正しき家系ではなく、その辺にある普通の家庭と変わらない。家も日高さんが中学生の頃父母が建てたもので、一時期祖父母を引き取り住まわせていた。この祖父母はのちに体調を崩したあとに入院し、そのまま家に戻ることはなかった。

父母の場合は、まず母親が癌になり死去。次に意気消沈した父親が病気がちになる。大丈夫かなと思っていると、自宅で倒れているところを日高さんが発見、即入院となった。退院できたものの体調不良は続き、そのまま肺炎を拗らせて短い生涯を終えた。

ひとり息子の日高さんが財産を受け継ぎ、実家を多少リフォームして夫婦で住んだ、というわけだ。彼の父親が没したのは結婚から半年を待たないときだった。

そして日高さんには、生前の父親から頼まれたことがある。退院後、亡くなる少し前のことだった。自分が死んだら、毎年、必ず九月と二月に墓へ参ってくれという内容だった。

それも二ヶ所の墓所に、である。ひとつは日高家の墓で、祖父母と父母が眠っている。

もうひとつは母方の……といいたいところだが、父方の従兄弟《いとこ》が建てたものであった。だから墓石に刻まれた名字は違っている。

〈従兄弟は家と縁を切ってよ、外へ出たが。その後、宮崎ン戻ってきてよ。結局自分で墓を建てっ、そこへ入ったが。奥さんは早死にしてよ。だから墓を建てたんやけど、それから十年か、それ以上してかぃよ、自分もそこに入ったが。遺された息子が墓を守っているからよかっちゃけどよ。でもできればよ、行ったときは掃除くらいしちくりよ。綺麗にするのは悪ぃこっちゃねぇから〉

父親から受けた説明はこんな感じだ。従兄弟は父親より十五歳ほど上であった。しかし息子さんが墓を管理しているのなら、どうして日高さんが参らないといけないのか、疑問が浮かぶ。素直に訊いてみた。

〈従兄弟はよ、俺をずいぶん可愛がってくれたが。だから俺は毎年二回、必ず墓ン前に顔を見せに行っとった。実家と縁を切ったからよ、従兄弟の墓に来るのは息子とその家族、そして俺くらいよ。寂しいやろから、俺が死んだからお前が行っちくれよ。お前がよ。ほかの誰にも任せず、俺の息子ンお前がひとりで行っちくれ〉

いまとなっては、父親は自らの死期を悟っていたのだろうと思う。遺言のような願いであったから、日高さんはその頼みを聞いた。

二つの墓はそれぞれ自宅から車で一時間ほどの位置である。どちらも同じような距離で、家は中間点に位置しているといえば良いか。それでも一時間の車移動はなかなか遠い。日高家の墓はもともと曾祖父の代に住んでいた場所にあった。結構古い墓石が多い。墓そのものは周りと同じようなもので、平均的なものである。従兄弟の墓は割と新しめの広い墓地であり、いまだ何も入っていないところも残っていた。ただ、従兄弟の墓はかなり豪華で、周辺の墓石と比較しても差は歴然だった。大会社の社長の墓。そういっても過言でないと表現したら伝わるだろうか。

この二つの墓それぞれに供える物も指定されている。

日高家の墓は、花とカップ焼酎、最中《もなか》だ。日高さんの祖父と祖母、母親の好物である。従兄弟の墓は花とカップ日本酒、回転焼き（今川焼き、大判焼きのこと）をひとつだけラップで包んだ物か、どら焼きで、こちらは従兄弟とその奥さんの好物だという話だった。

墓参りの日も指定されており、九月は日高家が十三日。従兄弟のほうは十五日。二月は日高家が二日。従兄弟のほうが三日だった。

父親の言いつけを守り、何年も墓参りを続けた。が、その間、幾度か不可解で不自然なことを体験している。

あるときはこんなことがあった。墓参りの日の午前中、非常に面倒臭くなった。片道一時間ほどかかるうえ、天候も良くない。これから出かけてお供え物を揃える。そんなことを考えるととても気が重い。指定されていた日が平日である場合、予め半休を取ってでも墓参りに行っていた。ここまでしているのだ、今回は日を変えてもいいだろう、きっと墓の中にいる皆もわかってくれるはずだ。だから今日はサボる。それにいま、家に自分ひとりしかいない。ちょうど良いからゆっくりと寝直そう。

墓参りはなしだと決めた瞬間だった。

激しい家鳴りとともに、家が揺れた。酷い横揺れだった。外に飛び出すと、周囲は静かなままだ。誰も騒いでいない。調べてみたが、そのとき宮崎県内で地震は起こっていなかった。

なんとなく父親か何かから叱られたような気がして、墓参りへ出かけた。

また、手抜きをしてお供え物を端折ると墓参りへ向かう途中に車の調子が悪くなる。

酒、あるいは花やお菓子、種類に関係なく車のエンジンがおかしくなるのだ。アクセルを踏んでも音が大きくなったり、小さくなったりして前に進まなくなる。

そんなときは必ず近い場所にその〈足りない物〉が買える店があった。不足していたお供え物を手に入れると、車は元通りになる。

数回同じことを体験したからこそ、気づいたことだった。

そして墓参りの際、日高家の供物台に泥団子が供えてあったことがある。

といっても綺麗なものではなく、不格好な泥の玉が三つ横に並んでいるだけだ。大きさはピンポン球をひと回り大きくしたくらいだろうか。まだ水分を含んでおり、崩壊を始めている。いままさに作られて置かれた、そんな雰囲気があった。

周囲を見回すが、犯人らしき姿はない。そして泥を置かれているのは日高家の墓のみだ。

どこの泥を使ったのか。悪戯だとしても、他人の墓に泥を置くなどもっての外だろう。泥を綺麗に取り除き、拭き清めたが怒りは収まらなかった。

だが、別の日に従兄弟の墓へ足を運んだときも、まったく同じ泥玉が供物台にあった。

数も、大きさも、作りたてっぽいところも、崩れかけていることも同じだった。周りの墓は同じような目に遭っていない。従兄弟の墓にピンポイントで置いてあることも、日高家の墓のときと一緒だった。泥団子が置かれたのは数回。あるときから置かれなくなったが、犯人は最後までわからずじまいだった。

従兄弟の墓の駐車場に車を止めたときもおかしなことが起こった。

ドアを開け、外に出たときだ。何かが足下に絡みつく。伸びきった草の中で足を動かすときに似た感覚だ。だが、視線を下へ向けると何もない。次に墓の前にある数段のコンクリート階段を踏んだとき、柔らかい感触が伝わってきた。それこそ泥濘《ぬかるみ》に足を取られたような感じだ。思わず転びかけてしまう。改めて確認したが、階段はなんの問題もない硬い状態だった。

あと、供物台にお供えを置く際も異様なことが起こっている。

花、酒、お菓子と置いたあと、突然目の前が暗くなった。蹌踉《よろ》けてしまい、その場にしゃがみ込む。回復して立ち上がると、一部の花は手折れたように曲がり、酒は横に転がり、お菓子は真上から叩き潰されたようになっていた。ほんの一瞬のうちに何があったのかわからない。これらは日高家の墓でも、従兄弟家の墓でも、数度起こった。

しかし、これだけおかしなことがあっても、日高さんは何も感じていなかった。いや。変だと思っていても、そういうものだ、問題なしと処理をしていた部分がある。まともな思考ができていない状態といえばよいか。それが不自然なことなのだということすら気づけていない。何かに脳をコントロールされていたような、とたとえたのは取材中の日高さんである。そんな状態だからか、これらのことは誰にも話さなかった。

父親の死後、墓参りを継いでから一年半以上過ぎた頃、例の従兄弟の息子さんから年賀状や礼状が届くようになった。どれも丁寧な手書きで文字も整っており、人柄が伝わってきた。

従兄弟の息子さん——仮に興梠昭利《こうろぎあきとし》としよう——昭利さんは日高さんより干支ひと周り歳上だった。奥さんと高校生と中学生の娘さんの四人暮らしである。住所から読み取れるのは、興梠家の墓から遠い地域に住んでいることだった。車で高速を使っても二時間弱。公的な移動手段を使えば面倒が勝るだろう。実家と縁を切った父親が建てた墓は守っているが、現在は仕事の関係で多忙を極め、常に足を運ぶのは難しいということだった。だから年に二度墓参りをして墓に手入れをしてくれる日高さんに感謝をしていると毎回の便りに書き入れてある。その礼として、夏と冬に昭利さんから豪華な品が届いた。それだけではなく、時々現金書留が送られてくることもあった。ある程度まとまった額なので返したいのだが、昭利さんに固辞されてしまう。しかし使ってしまうのも問題だと判断し、時々まとめて送り返した。

ここで少し説明をしておこう。

日高さんに出会い、取材を始めたのは彼が二つの墓参りを続けて十年ほどが過ぎたあたりだった。取材といっても最初はまったく別の話、それも不可思議なものとは無関係なことを教えてもらっていたのだが、途中から変化してきた。墓についての質問をされたことに端を発する。専門家ではないので、と前置きしてわかる範囲で答えていたが、そのうち込み入った話になってきた。それが前述の内容である。

日高さんが二つの墓参りを続けて八年以上が過ぎたあたりだ。その長い間にも首を捻ってしまう出来事は何回か起きた。それらはこれまで体験したことの延長線上にあるようなものである。慣れたわけではないが、折り合いをつける術は身につけていた。

この頃には昭利さんと直接顔を合わせる関係になっている。初めて会ったのは礼状が届き始めてから一年半が過ぎたあたりだった。墓参りを始めて三年以上過ぎていた時期だから、五年ほど前だ。初対面の印象は、年齢の割に若い、だった。服も髪型も三十代前半のような感じで、とても溌剌《はつらつ》としている。干支ひと回り歳上なのに、下手をしたら自分と同年代なのではないかと感じるほどだ。

会話の合間からわかったのは、昭利さんが友人と始めた会社がそれなりに上手くいっていることと、三現主義的な考えの持ち主であることだった。だから常に忙しく、墓参りも難しいのだと理解できた。日高さんと会うのもその合間を縫ってのことである。

迷惑をかけないよう、日高さんは昭利さんとは宮崎市内で待ち合わせし、珈琲を飲むか、一から二時間ほどの会食に留めた。その際、お互いに家族を同伴しない。一対一で会う。これは昭利さんたっての願いだった。家族がいる席になるとそれなりに肩肘張った場になるし、長くなる。それくらいならお互い身軽な状態のほうが気楽で長っ尻にならないから、とのことだった。同意し、その通りにしたことはいうまでもない。

会うたびに昭利さんは墓守の礼を繰り返す。そして世話料として送ったお金を送り返すのはやめて欲しいと強くいわれた。しかしここで金銭が発生するのは良くないことだと日高さんは説明した。亡くなった父の、あなたのお父上への感謝の気持ちなのだから、これは遺言のような物だ。父親孝行でやっていることであるのだから、気にしないでいただけたら、というわけだ。昭利さんは納得していない。そんなとき、日高さんは毎回同じことを伝える。単に父親の遺言をやっているのにもかかわらず、昭利さんからの毎年のお礼の品は受け取っている。それで十分なのだ、だから気に病まないで欲しいと伝えた。

この五年の間、日高さんは昭利さんに数々の不可解な出来事を話していない。書いたように、おかしいことだと思えない状態だったことと、何を話しても墓参りをしない彼への批判になりそうな気がしたからだった。だから墓参りに関しては、当たり障りのないことしか語っていなかった。

あるとき、日高さんは彼の自宅に誘われた。「日時は翌週の土曜日の午後。家族は全員晩秋の東京に遊びへ行っているからひとりなので気楽に遊びに来て欲しい」とのことだった。五年もの付き合いで初めてのことだ。相手は忙しい身である。最初は断ったが、彼は引かない。これ以上断るのも礼を失する行動に思えて、その申し出を受けた。

手土産を持って昭利さんの家を訪れた。大きな家だった。下世話だが、地価と合わせるといくらになるのか予想もつかない。

門にあるインターホンを鳴らして、邸内へ入る。

応接室のような部屋へ通された。低いテーブルを挟んでソファが置いてある。そこで昭利さんが持ってきた紅茶を飲んだ。

その際、彼の背後の壁にかかっている絵が気になった。油絵だ。

やや大きめの表彰状サイズだろうか。

乳白色と赤、黄色などの色味の中に時々黒や濃い緑が入っている。そのタッチはよくいえば大らか。悪くいえば荒い。その雑な筆捌きでカンバスいっぱいに描かれていたのは、数名の人間が輪になって、両手を挙げながら何かをしているところ、のようだ。しかしその大まかな絵筆では詳細はわからない。もしかしたら違うモチーフなのかもしれなかった。

何かに似た画風だなと思ったが、思い当たらない。チラチラ目を向けている間、昭利さんはいつもと変わらぬ墓参りのお礼と、金銭的な話を始めた。いつもと同じような答えを返す。こちらが遺言でやっていることなのだから、気にしないで欲しい、というものだ。

雑談を繰り返すうち、時間が気になってくる。相手は多忙な人物だ。長居をしてはならない。早々に辞したほうがよいと、腰を上げた。

ところが昭利さんが引き留めてくる。何か話したいことがあるようだった。

ここまで親密になった、ある意味親族と変わらない。そんな君にだけ伝えておきたいことがあるのだ、と前置きされる。

昭利さんが訥々《とつとつ》と話し始めたのは、以下のような内容だった。

――自分の父親が家を棄てたのはご存じの通りだ。

父親は宮崎県を出て、広島県を経由したあと、近畿地方まで移動している。その後、近畿地方では数年以上暮らしていた。宮崎県へ戻ってから、従兄弟のあなたのお父さん（日高さんの父親）と付き合いが再開した。その際、お父さんへ宮崎県外で何をしていたか吐露していたようだった。それについて、父親の死後、あなたのお父さんが教えてくれたことがある。だが、かなりぼかしてあると思う。それでも非常に心が痛くなるような内容だった。

大まかにいえば、父親は人にいえないことを生業にしていた。捕まらないように人を騙して陥れ、喰い物にする。それで相手が死のうと関係ない、あるいは死ぬように仕向けていた。自分さえよければいい。よくある身勝手な思考だった。数年の間、短期間だといっても、父親が騙したり死に追いやったりした人間が何人いたのかわからない。

宮崎県へ戻ってきた父親は、過去を隠して生きた。そして妻を娶《めと》り、自分を産ませた。ほかの弟妹は全部流産したので、結果ひとり息子になった。そういうこともあったので、母親の身体になんらかの負担がかかったのかもしれない。だから早死にしたのだと思う。

自分は大学院まで進ませてもらったが、その後就職。そして知己と会社を興したのは話した通りだ。社会に出てわずかに父親と疎遠になっていたが、あるときから週一で顔を合わせるようになった。じつはこのとき、あなたのお父さんと面識を得た。とてもよくしてくれたのが嬉しかった。父親の死後、先ほど話したような心が痛くなるような話を教えてくれたとき、あなたのお父さんはこんなことも教えてくれていた。

〈お互いの家のために、僕と君のお父さんはある約定《やくじょう》を交わした〉

その詳細はこの絵にあるらしいが、自分に何も説明をされていないと、昭利さんが指を指したのは、あの背後にある荒い絵だった。

昭利さんの父親が近畿時代から持っていたものである。名のある画家の作品でもなければ、何か付加価値があるわけでもないのに何度も盗まれた。が、その度に手元へ戻ってくる絵だった。昭利さんの父親は〈腐れ縁やっとよ〉と口にしていたようだ。

昭利さんは父親の死後、遺産の一部として継いだこの絵をいろいろ調べてみた。しかし単なる油絵であった。額装にも変わったところもなく、異常な点は見受けられなかったという。

彼がこの絵を継いでからは盗難に遭っていないが、時々床に置かれていることがあった。固定具はそのまま残っているので、外れて落ちたわけではない。そもそも誰かが外して下ろさない限り、額装が壊れるか、絵そのものにダメージが与えられるだろう。しかし完全な無傷だ。家族も覚えがないと首を振る。侵入者でもいるのかと家族にも内緒で小型の防犯カメラを仕掛けたこともあった。外部からの侵入に対するセキュリティは無反応で、カメラには出入りする自分と家族の姿しかない。そこでカメラを外した途端、絵が床に下ろされる。

だからいまは気にしないようにしている。

そのあたりまで話し終えた昭利さんが「自分は癌になった」と口にした。ステージはかなり進んでいるらしい。見た目ではわからない。彼は深々と頭を下げた。

「たぶん、私は死んでしまうと思う。その後、この絵を引き受けてくれないだろうか」

そして興梠家の墓の管理を完全に任せたいと口にする。

「妻と娘が生きているうちはある程度管理はできるだろうが、妻が死に、娘が嫁に出たらどうなるかわからない。宮崎県内ならまだしも、娘はほかの土地へ行けば墓の世話はやらないだろうから。だから任せたい。費用も支払う」

すぐにうんといえない話だ。それに〈約定の絵〉をおいそれと手元に置いてよいものかすら判断できない。その場では返事をせず、昭利さんの家を辞した。


その後、昭利さんが亡くなったことを知ったのは一年前、彼と会ってから約六年後だ。途中中のやり取りで遠方の病院に入院したことは知っていた。が、連絡が取れなくなったあと、あの絵が送られてきた。中に手紙があり『絵と墓を頼みます』とあった。昭利さんらしから ぬ乱れた文字だった。遺書のようだと驚いて彼の家族に問い合わせたところ、そこで彼の死を教えられた。なぜ日高さんにその事実を知らせなかったのかを遠回しに訊くと謝られたが、あまり心がこもって聞こえない。昭利さんは、日高さんのことをあまり家族に話していないようだった。絵を送る手はずを整えていたのも昭利さんの部下であった。

送られてきた絵だが、家に飾るのは憚られると日高さんは某所に絵を預けてしまった。たまに様子を見に行くが、絵には特段異様なことは起こっていない。ただ、目にすると酷く目が乾き、体調が悪くなった。

二つの墓参りは続けているが、明らかに興梠家の墓所は荒れてきている。

念入りに掃除をするのだが、次に行ったときは酷く汚れていた。時には周囲にコンビニスイーツや弁当のゴミが散乱していることもあった。墓誌に興梠昭利さんの名が増えているが、彼の家の妻と娘は墓にそんなに足を運んでいないのかもしれない。

昭利さんの死後、日高さんに少し変なことが起こり始めた。家のインターホンが鳴る。しかし誰もいない。こんなことが繰り返される。彼の妻にも同じことがあった。そして娘がよく体調を崩すようになった。高熱を出し、魘《うな》される。病院へ連れて行くが、風邪でしょう、子どもだとこういうこともありますよというだけだ。しかし一度熱を出すと延々と何かを喋り続ける。まだ幼いからか喃語《なんご》のようで内容は聞き取れない。ただただずっと声を発し続ける。いくつかそれなりに聞き取れたことはあるのだが、それもまたタイミング的によくわからない言葉だった。たぶん〈とーげのところ（峠のところ）〉〈うみべのお（海辺の）〉〈つごーよ、つごー（都合よ、都合）〉などだと思うのだが、わけがわからない。

また息子は息子で、真夜中に起き上がり、むずがる。外へ連れて行けというので、抱っこ